Mara von Eichen

Pálinka Piraten

Ein Fall für

Ágnes, Gábor & Károly

AF272118

Pálinka Piraten

Ein Fall für

Ágnes, Gábor & Károly

Mara von Eichen

IMPRESSUM

© 2025 Mara von Eichen

Verlag: BoD · Books on Demand GmbH, Überseering 33, 22297 Hamburg, bod@bod.de

Druck: Libri Plureos GmbH, Friedensallee 273, 22763 Hamburg

ISBN: **978-3-8192-1172-0**

Inhaltsverzeichnis

I

PROLOG – WENN DER PÁLINKA FLÜSTERT

Es begann – wie so vieles in dieser Gegend – mit einem nervösen Zucken im Schnurrbart von Gábor.

Nicht irgendein Zucken, sondern genau das Zucken, das ihm seit Jahrzehnten verriet, wenn irgendwo in der Baranya jemand log, schnüffelte oder versehentlich ein uraltes Feenabkommen gebrochen hatte. Das Zucken war so zuverlässig wie die erste Flasche Zwetschgengeist, die nach dem Herbst geweiht wurde – und meist kündigte es Ärger an, der sich zwischen Mitternacht und dem ersten Hahnenschrei entfaltete, wenn die Schatten ihre eigenen Gesetze machten.

Gábor war ein Original – ein Mann mit einem Schnurrbart, der sich auf eigene Abenteuer gefasst machen konnte. Er trug eine abgewetzte Lederweste, die mehr Löcher als Stoff hatte, und einen Hut , der aussah, als hätte er im örtlichen magischen Fachgeschäft Jahrhunderte im Schaufenster gelegen. Seine Augen funkelten voller Witz und Schlauheit, und wenn er skeptisch wurde, runzelte sich seine Stirn so tief, dass man darin einen kleinen Wald hätte pflanzen können. Wenn er sprach, klang das meist wie ein Rätsel, das nur er selbst lösen konnte – meistens begleitet von einem Seufzer und einem Schluck aus seiner Lieblingstasse, auf der ein Rabe abgebildet war.

Ágnes war das perfekte Gegenstück – klein, quirlig und immer einen Schritt voraus. Sie hatte die Haare unter einem bunten Kopftuch versteckt, das im Wind flatterte wie die Flügel einer geheimen Fee. Ihr alter Besen war nicht nur zum fegen, sondern auch Gefährte und manchmal gnädige Waffe gegen unliebsame Gäste. Ihre Augen blitzten schelmisch , und sie hatte die ungewöhnliche Gabe, Raben mit einer einzigen Geste zum Reden zu bringen – oder zum Schweigen, wenn sie es wünschte.

Károly, der Rabe, war die heimliche Seele des Trios. Mit seinem glänzenden schwarzen Gefieder, das im Mondlicht schimmerte, und seinem durchdringenden Blick schien er mehr zu wissen, als er zeigte. Er hatte eine Schwäche für spöttische Kommentare und entlarvte Lügen schneller als jeder Dorfbewohner einen schlechten Wein erkennen konnte. Wenn jemand versuchte, ihm eine falsche Geschichte aufzutischen, krächzte er spöttisch: „Ach ja, und morgen tanzt wohl der Kukuruz Samba?" und ließ keinen Zweifel daran, dass er den Schwindel durchschaut hatte.

Die drei lebten in einem alten windschiefen Haus , das wie ein Pilz aussah und nach Kräutern, Zwetschgengeist, Rübenzucker und Geschichten roch – in einem Ort, der so verwinkelt war, dass man manchmal glaubte, er hätte ein Eigenleben. Dort arbeiteten sie nach ihren eigenen Regeln, fernab von Polizei und Kirche, die beide ihre Aufträge mit argwöhnischem Blick betrachteten.

Manche nennen sie Wahnsinnige. Andere – die mit den schiefen Herzen – nennen sie Heilige.

Die drei reisen nicht mit Landkarten, sondern mit Spürsinn. Sie durchstreifen Wälder, Dörfer, verlassene Höfe. Orte, an denen das Unrecht so dick aufträgt wie der Bürgermeister beim Kirchweihfest. Orte, an denen Geschichten nicht erzählt, sondern ausgegraben werden – wie Leichen im falschen Garten.

Und immer, wenn irgendwo ein Testament plötzlich in Flammen aufgeht, ein Pfarrer von einer wahren Beichte verfolgt wird oder ein Wirt sein eigenes verdünntes Gesöff trinken muss, dann wispern die Weinstöcke:

„Sie waren da."

Aber diesmal ist etwas anders.

Jetzt war es nicht das Klopfen an der Tür, das sie weckte, sondern ein klappern – ein geheimnisvolles klappern der Störche, das durch die alten Holzbalken wehte und von verschwundenen Pálinka-Vorräten erzählte. Wer genau hinhörte, wenn der Nebel schwer auf den Feldern lag und der Kukuruz im Wind raschelte, der konnte es hören – das leise Glucksen leerer Fässer, wie ein trauriges Schluchzen, der letzte Tropfen aus einer Welt, die sich im Wandel befand.

Also schnürt Ágnes ihre alten Stiefel, Gábor füllt seine Tabakdose, und Károly putzt sich den Schnabel mit Spott.

Die Baranya hält den Atem an.

Denn die Spezialermittlungen unter der Mitternachtsonne haben begonnen.

TEIL I –

DER NEBEL STEIGT

KAPITEL 1: MORSEALARM AUS DEM SÜDEN

(Das Funknetz der Störche schlägt aus: In mehreren Dörfern ist plötzlich der Pálinka verschwunden. Die Ermittler werden gerufen.)

Der Morgen war kaum geboren, als erste Nachrichten durch das Storchennetz rauschten – ein System so alt wie die Dörfer selbst, verborgen im Zwinkern der Weiden und dem Rascheln der Reben. Hoch über der Baranya, auf Kirchendächern und Schornsteinen, saßen die großen Vögel in ihren Nestern und klapperten. Nicht willkürlich – sondern mit Sinn. Wer genau hinhörte, vernahm Morsezeichen.

Einst hatte ein gewisser Regi, ein Uhrmacher aus Sátorhely, seinem Storch Anton das Morsealphabet beigebracht – aus Langeweile, sagt man. Oder vielleicht aus einer Eingebung. Denn Anton lernte schnell. Und seine Nachkommen trugen diese Kunst weiter, von Generation zu Generation, bis sie so vertraut war wie das Gackern der Hühner.

Nun aber trugen sie eine einzige Botschaft in alle Himmelsrichtungen:

„FASS LEER. FASS LEER. FASS LEER.“

Aus Pogányszentpéter kam sie, dem winzigen Ort mit dem berühmten Kürbiskernpálinka. Aus Kisdomb, wo selbst der Apfel nach Schnaps schmeckt. Und sogar aus jenen verstreuten Dörfern, deren Namen selbst die Schulchroniken meiden.

Der Klang dieser Worte legte sich über die Landschaft wie Tau auf Spinnweben – still, kalt und irgendwie falsch.

Gábor saß in seinem knarzenden Sessel und starrte in die Tasse, als ließe sich aus dem aufgewärmten Lindenblütentee die Welt lesen. Ein bärtiger Mann mit wetterzerfurchtem Gesicht und Augen, die mehr Winter gesehen hatten als Kalender

13

es erlauben. Neben ihm: Károly. Ein Rabe, dessen Federn schwarz glänzten wie Teer bei Mondschein.

„Hörst du das, Károly?" murmelte Gábor. „Sie morsen sich die Seele aus dem Leib. Und alles wegen leerer Fässer. Wenn das so weitergeht, saufen sie bald Regenwasser."

Károly krächzte leise. „Ich habe Joshi heulen gehört. Wie ein Windhund. Und das war erst gestern."

„Joshi? Der Wirt aus Debrecen? Der verkauft sonst Tränen als Pálinka und nennt es 'sortenrein'."

Der Vogel senkte den Kopf.

„ Ágnes wird das nicht gefallen. Die hat sicher schon den Besen geschultert."

Als hätte das Schicksal selbst zugehört, öffnete sich in diesem Moment die Tür. Und Ágnes trat ein. Kein Glanz, kein Tamtam. Nur der feste Tritt einer Frau, die wusste, dass ein rechter Schritt mehr Wirkung hat als hundert Worte. Ihr Kopftuch war gebügelt wie aus dem Märchen, und ihr Blick durchdringend wie Essig in der Nase.

„Ihr zwei Schnecken im Schneesturm", sagte sie. „Wenn wir nicht bald loslegen, wird man uns dereinst anklagen, weil das Land verdurstet ist."

Sie setzte sich. Nicht anmutig. Entschlossen.

„Was ist los? Warum dieses Getrommel von oben?"

„Fässer. Leer. Überall. Ohne Tropfen, ohne Spuren. Als hätte die Erde Durst gehabt."

Ágnes runzelte die Stirn.

„Keine Spuren? Kein Riss, kein Schleppabdruck?"

„Nichts. Nicht einmal der Gestank von Gier."

Károly krächzte. „Vielleicht... keine Diebe. Vielleicht... etwas anderes."

Ágnes hob eine Augenbraue.

Gábor räusperte sich.

Draußen wurde es heller. Ein fahles Licht kroch über die Hügel, als hätte jemand vergessen, den Tag richtig aufzudrehen. Die Luft roch nach Weinreben, nasser Erde und einem seltsamen Beiklang – wie Lavendel, den niemand gepflanzt hat.

Der Nebel stieg auf, als sie weiterzogen. Leise. Dicht. Wie ein Tuch, das jemand über das Land gelegt hatte, um es vor neugierigen Augen zu verbergen. In den Nestern klapperten die Störche unermüdlich weiter:

„FASS LEER. FASS LEER. FASS LEER.“

Gábor zog seinen Mantel enger. Ágnes strich mit der Hand über den Besenstiel.

Irgendetwas war im Gange. Etwas, das größer war als trockene Kehlen. Etwas, das in der Dunkelheit lebte – dort, wo selbst der Schnaps nichts mehr wärmt.

Und so begann ihre Reise.
Leise.
Mit einem Vogel, einem alten Mann, einer Frau mit scharfen Augen – und einer Ahnung, die noch keinen Namen hatte.

KAPITEL 2: JOSCHI WEINT IN DEBRECEN

(Auch in weiter entfernten Orten wie Debrecen verschwinden die Pálinka Vorräte. Joschi, der Wirt, ist verzweifelt.)

In jener Nacht, als die Zikaden plötzlich schwiegen und das Maisfeld bei Bóly leise zitterte, begann das Klappern. Zuerst nur vereinzelt – ein nervöses Schnabelklacken im Süden, kaum lauter als der Atem der Erde. Doch dann setzte das Netz ein. Schnabel auf Schnabel, Takt auf Takt: Die Störche sprachen. Ein Morsegewitter spannte sich über das Land, von Drávaszabolcs bis Debrecen, von Pécs bis an die Grenze des Balaton. Kein menschliches Kabel, kein Draht durchzog die Landschaft – nur die uralte Kunst der Klapperzeichen, übermittelt von Generation zu Generation, gespeist aus urtümlicher Weisheit und einer tiefen Verbundenheit mit allem, was Wurzeln schlägt oder Flügel hat.

Ágnes saß auf der Lehne ihres Gartenstuhls, ein schiefes Lächeln unter dem Kopftuch, der Besen an ihrer Seite wie ein aufmerksamer Hund. „Sie morsen schon wieder", murmelte sie, während Gábor mit gerunzelter Stirn auf das Dach starrte, wo ein einzelner Storch mit fiebriger Energie klapperte.

Károly saß auf dem alten Apfelbaum, den Kopf geneigt, die Augen geschlossen, als würde er die Klänge trinken.

„Debrecen", krächzte der Rabe schließlich. „Großalarm. Joschi heult."

Gábor schnaubte. „Na und? Der heult ständig, wenn er nüchtern ist." – „Diesmal ist's ernst. Kein Tropfen mehr. Nicht mal Pflaume. Und das in Debrecen!"

Károly öffnete ein Auge. „Er hat den Pálinka verloren. Komplett."

Ein Schweigen senkte sich über den Hof. Kein gewöhnliches Schweigen, sondern jenes, das in alten Sagen auftaucht, wenn der Wald innehält oder das Vieh sich weigert, durch das Tor zu gehen.

Ágnes sprach :"ich rufe uns jetzt das Schwanentaxi" griff zum Besen, schwang ihn mit einem geschulten Schwung über den Kopf und rief in drei sonoren Tönen:

„HULE – HULE – HULE!"

Ein leises Rauschen entstand über den Baumwipfeln, ein Windstoß erhob sich, der nach Feder und Nebel roch, und aus dem Dunst erschienen drei riesige Schwäne mit durchdringendem Blick. Sie landeten nicht, sie nahmen Kurs, wie Pfeile aus weichem Licht. Ein Schwan schnappte sich Ágnes der andere Gábor am Kragen – Ágnes wurde würdevoll emporgehoben, Gábor protestierte mit einem Fluch, der im Fahrtwind unterging, und Károly flog nebenher wie ein alter Offizier auf dem Weg zu seiner letzten Schlacht. Dann stiegen sie hoch, über Wälder, Felder, Dörfer – und landeten kurz darauf auf dem Marktplatz von Debrecen, direkt vor dem Gasthof „Zur trunkenen Sau".

Debrecen empfing sie nicht mit offenen Armen, sondern mit einem steifen Nieselregen und dem leisen, gebrochenen Schluchzen eines Mannes, der mehr Schnaps in der Seele als in der Flasche hatte.

Joschi stand vor seinem Gasthof und hielt sich an einem leeren Fass fest, als wolle er darin noch einen letzten Tropfen Mitgefühl finden. „Ihr seid spät", flüsterte er, ohne aufzusehen. – „Wir sind pünktlich. Die Wahrheit kommt immer im Morgengrauen", entgegnete Ágnes, stapfte an ihm vorbei und betrat das Wirtshaus.

Innen war es still. Zu still. Keine Gläser, keine Stimmen, nicht einmal das gewohnte Seufzen der alten Wanduhr.

Károly flog auf die Theke, pickte an einem leeren Schnapsglas und ließ es zu Boden fallen. Es zerschellte wie ein Symbol. „Alles weg", sagte Joschi und folgte ihnen hinein.

„Alles. Selbst der Vorrat im Keller, hinter der zweiten Mauer, weißt du noch, Ágnes?" – „Ich erinnere mich. Den hast du 1997 dort versteckt. Vor deiner ersten Frau." – „Genau der."

Gábor hatte sich inzwischen an das große Fass im Zentrum der Stube gesetzt. Es war leer. Nicht ausgetrunken, nicht gekippt – leer wie ausgelöscht. Kein Geruch, kein Nachhall. Als wäre der Pálinka nie dagewesen.

„Wann hast du's bemerkt?", fragte er schroff. – „Letzte Nacht. Ich wollte für eine Hochzeitsgesellschaft vorbereiten. Ich ging in den Keller – leer. Dann hab ich die Flaschen kontrolliert – leer. Kein Geruch. Nicht mal die Schnapsfliege im Fenster ist geblieben."

Ágnes beugte sich über einen leeren Krug.

„Károly?" Der Rabe flatterte herbei, pickte einmal auf das Holz, schnarrte: „Hier ist was falsch. Nicht leer. Entfernt." – „Wie meinst du das?" Gábor kniff die Augen zusammen. – „Nicht ausgetrunken. Magisch entnommen. Reste der Erinnerung, aber keine Spuren. Als hätte jemand mit feiner Hand die Essenz genommen – wie ein Tünde mit Durst." – Joschi zuckte zusammen. „Tünde?" – Ágnes winkte ab. „Nicht gleich hysterisch werden. Aber es gibt Dinge, die trinken nicht aus Durst, sondern aus Prinzip." – „Oder als Strafe", fügte Gábor hinzu.

Sie blieben noch eine Stunde. Befragten die Fässer, klopften die Regale ab, hörten auf das Echo.

Ágnes murmelte ein altes Rezept, das sie gegen Diebe im Keller zu singen pflegte. Nichts. Keine Spur. Als sie wieder draußen standen, hatte der Regen aufgehört. Über dem Dachfirst hockten zwei Störche, die synchron klapperten. Károly lauschte, nickte, gurrte dann: „Auch in Eger. Und in Szeged. Und jetzt auch in Veszprém. Der Pálinka verschwindet überall."

Ágnes zog ihr Kopftuch fester. „Dann ist es nicht mehr lokal. Das ist kein Zufall. Das ist Absicht." – „Eine sehr durstige Absicht", murmelte Gábor. – Károly breitete die Flügel. „Wohin jetzt?" – „Nach Bróder", sagte Ágnes. „Da klappert es am lautesten." Schon schwenkte sie wieder ihren Besen laut:

" HULE HULE HULE"

rufend und von weitem war das rauschen der Schwanenflügel zu vernehmen.

Und während die Sonne einen schwachen Schein auf das nasse Pflaster warf, klang von Ferne erneut das unermüdliche Schnabelklappern der Störche – ein Morsechor, der das Land in Alarm versetzte.

KAPITEL 3: DAS RÄTSELHAFTE KNOPFLOCH

(Ein weiterer Fall – die Knopflöcher verschwinden aus Kleidungsstücken. Keine Spuren.)

In jener Nacht, als über der Baranya ein träger, silbergrüner Nebel lag wie ein gealterter Hauch vergessener Geschichten, erreichte die drei ein neuer Morse Notruf. Ágnes, die gerade dabei war, mit einer grobborstigen Bürste den Schmutz von ihrem zweitbesten Besen zu fegen, zuckte zusammen, als der erste Storch klapperte. Es klang, als hätte der Storch eine Schluckimpfung rückwärts gesendet. Károly, der Rabe, war es, der zuerst reagierte. Mit einem missbilligenden Krächzen landete er auf dem Regal neben dem Fenster und tippte mit dem Schnabel ungeduldig auf das Fensterbrett während er den Morsezeichen lauschte.

„Pápaszem... Knopfloch... Bróder... Hilfe..." hörte er, was in menschlicher Sprache übersetzt ungefähr so viel bedeutete wie: „Knopflöcher weg. Bróder in Not. Dringend kommen."

Ágnes schob die Bürste beiseite, griff zum Kopftuch mit dem Sternenmuster und stapfte hinaus in den Hof, wo Gábor gerade dabei war, einem zu neugierigen Dachs zu erklären, dass das Vogelbad kein Swimmingpool für nachtaktive Pelzträger sei. „Neuer Fall," brummte sie und hielt ihm das zerknitterte Morseband hin.

Gábor runzelte die Stirn, las die kryptischen Zeichen und nickte. „Knopflöcher, hm? Dann wird's ernst. Ich hol das Schwanentaxi."

So kam es, dass sie kurz vor Mitternacht in Bróder eintrafen, einem windschiefen Nest zwischen Weinstöcken und Walnussbäumen, das bei Tage schon einen verschlafenen Eindruck machte – bei Nacht jedoch wirkte, als würde es gleich selbst zu einer Traumerscheinung verfließen.

Der Dorfplatz war leer, abgesehen von einem knorrigen Mann, der dort stand wie ein vergessener Briefträger aus der Zeit Maria Theresias. Seine Weste flatterte im Wind – und wo Knopflöcher gewesen sein sollten, war nun nur nichts mehr zu sehen.

„Guten Abend," sagte Gábor freundlich, doch der Mann hob nur die Schultern.

„Nichts ist mehr gut. Seit drei Nächten verschwinden sie. Immer gegen Mitternacht. Erst eins, dann zwei, dann gleich fünf."

„Was?" fragte Ágnes scharf. „Na, Knopflöcher natürlich!" rief der Mann. „Nicht die Knöpfe – das Loch dafür! Weg! Einfach verschwunden! Ich steh morgens auf, und die Knöpfe sinnlos am Faden. Kein Knopfloch mehr. Keine Ordnung. Nur Chaos!"

Ágnes kniff die Augen zusammen. „Und sonst? Irgendetwas Merkwürdiges bemerkt?" Der Mann zögerte. „Manchmal... da hört man ein Flüstern. Aus dem Kleiderschrank. Ganz leise. Wie Nadel und Faden, die sich streiten."

Károly, der inzwischen auf der Fensterbank eines leerstehenden Hauses hockte, schüttelte sich. „Textile Spukphänomene," murmelte er.

„Das hatten wir zuletzt beim Fall der selbstknöpfenden Hose von Hosszúhetény."

Gábor trat näher. „Wir müssen den Ort des Verschwindens sehen. Genau wie er war." Der Mann führte sie in ein krummes Häuschen mit einer gerahmten Spitzendecke über dem Türrahmen.

Im Schlafzimmer war alles exakt wie beschrieben: Hemden an der Leine, doch an jedem das gleiche Bild – Knöpfe, aber keine Löcher. „Ich habe nichts verändert," beteuerte der Mann. „Nicht einmal den Staub."

„Genau," sagte Ágnes. „Hier fehlt alles, was auf Ordnung hinweist. Keine Uhr, keine Kleiderordnung, kein System. Das schreit nach Intervention."

In diesem Moment knackte das Funkgerät. „Störche melden: Auch in Zengővárkony, Knopflochverlust. Uhren blieben stehen. Kinder weinen grundlos. Hinweise auf Stickmusterflüche."

Gábor fuhr herum. „Das ist ein Muster. Ein Fluch, der Ordnung auflöst. Wahrscheinlich durch magische Übertragung. Wahrscheinlich... durch eine Knopfnadel." Károly flog aufgeregt auf und ab. „Ein Nadelwesen! Oder schlimmer: Ein entlaufener Schneidergeist."

Ágnes seufzte tief. „Dann müssen wir ihn finden. Bevor die ganze Region auseinanderfällt wie ein schlecht genähter Unterrock."

Die Spur führte sie zu einer alten Schneiderwerkstatt am Rande des Dorfes. Dort, so munkelte man, habe einst eine Frau gelebt, die mit Faden und Fluch zugleich nähen konnte. Seit ihrem Verschwinden war das Haus leer – doch das Nadelkissen auf dem Tisch war frisch durchstochen. Kein Staub. Keine Spinnen.

Nur ein winziges Knopfloch, das sich vor ihren Augen auf dem Teppich neu bildete, als hätte der Stoff beschlossen, sich selbst zu perforieren. „Da ist er," flüsterte Gábor. „Er ist hier." „Oder sie," sagte Ágnes. „Es gibt Nadeln mit sehr weiblichem Zorn."

Und tatsächlich: In der folgenden Nacht, versteckt hinter einem Paravent aus alten Umhangresten, beobachteten sie, wie sich aus den Schatten ein schlanker, silbriger Faden schälte – ihm folgte eine winzige, zierliche Gestalt, kaum größer als ein Fingerhut, mit Augen wie gestochene Knöpfe und einem Hut aus Garn. Die Kreatur tanzte über die Hemden, schnippte mit spitzen Fingern Löcher aus dem Stoff und sammelte sie in einem winzigen Beutel, der wie ein Riss im Mondlicht schimmerte. Ágnes hob vorsichtig ihren Besen. „Nicht bewegen,“ murmelte sie. Doch die Gestalt drehte sich zu ihnen, zwinkerte – und verschwand durch ein neues Loch im Vorhang, das sich sofort wieder schloss.

Zurück blieb ein einzelner Knopf, auf dem eingraviert stand:

„Ordnung ist die Illusion der Kontrollierten.“

„Ein Nadelgnom also,“ sagte Gábor und seufzte. „Und philosophisch noch dazu.“ Károly nickte langsam. „Das wird nicht der letzte gewesen sein. Wenn jemand Ordnung hasst, dann ist er nicht allein.“

Ágnes strich mit einem Finger über den Knopf. „Wir müssen mehr erfahren. Und zwar bald. Bevor noch jemand ohne Hosenknopf auf die Straße geht.“

Am nächsten Morgen flatterte ein neuer Morsecode ins Haus. „Fall 4 – Müller mit der gläsernen Leber. Dringend.“ Ágnes sah Gábor an. „Und ich dachte, das mit den Knopflöchern wäre schon absurd genug.

KAPITEL 4: DER MÜLLER MIT DER GLÄSERNEN LEBER

(Ein Verdächtiger? Der Müller kann keinen Pálinka mehr trinken, weil seine Leber durchsichtig geworden ist.)

Die Morgendämmerung kam über die Hügel der Baranya wie ein träger, rosa Riese, der sich mit einem letzten Glucksen ins Bett fallen ließ. Die Täler dampften noch, als wäre die Nacht dort zur Suppe verkocht worden. In einem solchen Tal lag das Dorf Palkonya, berüchtigt für seinen seltsamen Dialekt, seine große Kirchenuhr, die nie die richtige Zeit zeigte, und seinen Müller, der seit kurzem nur noch Wasser trank.

Wasser! In Palkonya! Das war schlimmer als ein atheistischer Pfarrer in Siklós oder eine fleischlose Hochzeit in Mohács. Der Müller, ein gewisser János Székely, auch bekannt als "der Rumpel-János", hatte seit Jahrzehnten täglich eine Flasche Pflaumen-Pálinka zum Frühstück geköpft und sich damit einen gewissen Respekt unter den Einheimischen ertrunken. Doch nun saß er tagaus, tagein in seiner Mühle, trank Wasser mit Zitronenscheibe (ausgerechnet!) und murmelte wirres Zeug über seine Leber.

"Sie ist durchsichtig geworden", sagte er, als Gábor, Ágnes und der Rabe Károly die Mühle betraten, die aussah, als hätte ein Riesenkind mit Vorliebe für Holzwolle und Zahnräder damit gespielt. "Man kann durch sie hindurchsehen, wie durch ein sauberes Marmeladenglas."

"Worüber spricht er da?" flüsterte Károly, der auf einem Getreidesack hockte und versuchte, nicht auf die acht Mäuse zu achten, die ihm mit offenen Mäulchen zusahen.

"Er meint es ernst", sagte Ágnes. "Er hat sich von der Hebamme röntgen lassen."

"Die Hebamme?"

"Sie hat ein altes Fotoapparatobjektiv und eine Taschenlampe. Reicht fürs Dorf."

János streichelte sich den Bauch. "Ich hab' sie gesehen. Wie ein Hohlspiegel aus Glas. Völlig leer. Kein Schnaps drin. Gar nichts. Ich bin ausgetrocknet."

Ágnes und Gábor tauschten einen Blick. In letzter Zeit mehrten sich die Fälle. Erst der verschollene Pálinka, dann die verschwundenen Knopflöcher, jetzt eine gläserne Leber. Irgendetwas zog durch die Lande wie ein übermüdetes, aber boshafter Gespenst mit Vorliebe fürs Abhandenkommen.

"Hast du etwas Ungewöhnliches bemerkt?" fragte Gábor.

"Ein Lied. Immer nachts. Eine Melodie, wie von einem Kinderkarussell in Moll. Und dann das Gläserne. Zuerst das Fenster im Dachboden, dann die Teekanne, jetzt ich."

"Glasigkeit als Fluch?" murmelte Ágnes. "Oder ein Zerspiegelungszauber?"

"Und diese Musik", krächzte Károly. "Haben wir das nicht auch in Debrecen gehört? Das Lied ohne Knopf?"

Gábor klopfte auf die Seitenwand eines Mehlsilos. "Hier spukt es. Und nicht auf die übliche Art. Wir müssen mit dem alten Boten des Schnapsgeists sprechen."

"Mit dem Geist von Szatmár? Der spricht nur in Reimform."

"Dann reimen wir zurück."

János erhob sich, seine Schritte klangen hohl. "Ich kann euch führen. Aber ich warne euch: Seit ich gläsern bin, höre ich Dinge, die ich nicht hören will. Wie ein Radio, das nur Geständnisse empfängt."

Ágnes blickte sich in der Mühle um, als könne sie einen Zauber im Mehl finden, dann sagte sie leise: „Du trinkst keinen Tropfen mehr. Kein Wasser, kein Tee, keine Suppe. Nur Zwetschgenkernpulver, dreimal täglich. Und leg dir einen Frosch aufs Herz. Der reguliert die Energie. Und nachts singst du dem Mond ein Lied."

Gábor verdrehte die Augen, sagte aber nichts. Károly flatterte auf das Mühlenfenster und schrie laut: „Der nächste! Die Spur führt nach Harkány. Dort hat ein Marder ein Herz gestohlen"

Ágnes nickte. „Gut. Aber vorher sehen wir noch nach, ob in der Bäckerei nebenan der Ofen klagt. Ich trau diesem Ort nicht."

János blieb zurück, zwischen Mehlsäcken und Erinnerungen, während sich die drei wieder auf den Weg machten – begleitet vom fahlen Licht, das durch die Fenster fiel wie die Ahnung eines kommenden Unglücks.

Sie machten sich auf, den nächsten Hinweis zu suchen. Und während der Morgen sich über die Hügel schob, als wäre er nicht sicher, ob es sich lohnte, aufzustehen, wusste niemand, dass dies nur der Anfang war. Denn eine gläserne Leber war noch harmlos gegen das, was wirklich fehlte.

Nämlich alles, was einst zusammenhielt: Knopflöcher, Lieder, Lebern und das Lachen in der Baranya.

Über ihnen kreisten zwei Störche, klapperten unruhig, und einer ließ einen morsenden Tropfen auf Ágnes' Kopftuch fallen. Es war keine Botschaft. Es war eine Warnung.

KAPITEL 5: EIN MARDER UND DIE LIEBE

(Eine Frau behauptet, ein Marder habe ihr Herz gestohlen – wortwörtlich. Zusammenhang mit dem Knopfloch-Fall?)

Es war gegen drei Uhr nachmittags, als Ágnes ihren Besen gegen das Brückengeländer lehnte, sich das Kopftuch straff zog und mit zusammengekniffenen Augen in die Ferne spähte. „Es riecht nach Tier", sagte sie trocken. Károly flatterte auf einen zerzausten Weinstock und neigte den Kopf. „Weiblich, enttäuscht, leicht blutend. Und es ist kein Reh." Gábor, der missmutig einen überreifen Pfirsich vom Baum pflückte und ihn mit sichtbarem Widerwillen betrachtete, murmelte: „Wenn's wieder um Liebeskummer geht, bin ich raus." Doch es ging nicht nur um Liebeskummer. Es ging um einen Marder. Und ein Herz. Wörtlich.

Die Nachricht war per Storchenklappern aus dem nördlichen Harkány gekommen, kurz nach Mittag, in einem ungewohnten Rhythmus, der an eine beleidigte Opernsängerin erinnerte. Károly hatte ihn entschlüsselt wie ein verschnupfter Geheimagent: „Frau. Herz weg. Sagt, ein Marder war's. Echt jetzt." Ágnes hatte sich ohne ein Wort auf den Weg gemacht. Das Herz einer Frau war gestohlen worden, und auch wenn das in dieser Gegend nicht selten geschah – dieses Mal fehlte das Organ selbst. Nicht im übertragenen Sinne, nicht als poetisches Bild, sondern als klaffende Lücke unter dem Brustbein, sauber ausgeschnitten wie ein Knopfloch in einer Jacke, nur dass es sich um die Herzgegend einer gewissen Izabella Török handelte, ledig, Mitte fünfzig, Besitzerin eines geschlossenen Friseursalons und bekannt für ihre Vorliebe für Männer, die nie zwei Mal denselben Vornamen hatten.

Als sie eintrafen, saß Izabella in ihrem Wohnzimmer auf einem Hocker aus rotem Plüsch, ein feuchtes Tuch auf der Brust und ein Glas Eierlikör in der Hand. Ihre Augen glänzten fiebrig, aber ihre Haltung war stolz wie eine Märtyrerin. „Er hat es mitgenommen", hauchte sie dramatisch und wedelte mit der freien Hand. „Mit seinen kleinen, schwarzen Pfötchen. Es war mitten in der Nacht. Ich lag auf dem Sofa, hab Wagner gehört – Parsifal – und plötzlich spürte ich etwas Warmes, Glattes auf meiner Brust. Ich dachte, es sei mein Kater. Aber es war..." Sie brach ab und sah zum Fenster. „Ein Marder."

„Und der hat Ihnen das Herz gestohlen?", fragte Gábor ohne jeden Anflug von Mitgefühl.

Izabella nickte mit einer Mischung aus Würde und theatralischem Triumph. „Ich bin ganz leer. Kein Puls. Nur noch… Gefühl."

Ágnes trat näher, beugte sich vor und horchte. Dann klopfte sie sacht mit dem Finger gegen Izabellas Brustbein. „Tatsächlich. Kein Herzschlag. Aber lebendig." Károly gurrte: „Ich rieche Lavendel, Blut und billiges Parfüm."

Gábor seufzte. „Vielleicht war es doch ein Reh."

Doch die Untersuchung zeigte bald: Izabella war nicht die Einzige. Zwei Häuser weiter hatte der Schneider András Rózsa festgestellt, dass sämtliche Knopflöcher seiner Jacken über Nacht verschwunden waren. Nicht ausgerissen. Nicht aufgelöst. Einfach nicht mehr da. Als hätten sie nie existiert. Genauso wie Izabellas Herz. Keine Wunde. Keine Spur. Nur die spürbare Abwesenheit dessen, was vorher selbstverständlich gewesen war.

Ágnes kaute auf ihrer Unterlippe. „Es beginnt sich zu wiederholen", murmelte sie. „Etwas oder jemand nimmt Dinge mit... nicht aus Gier, sondern mit einer gewissen Absicht. Ein Muster." Károly nickte. „Und die Auswahl ist persönlich.

Knopflöcher. Herzen. Wer weiß, was als Nächstes fehlt? Vielleicht die Erinnerung an einen Kuss. Oder die Wärme aus einem Pullover."

Gábor wischte sich über das Gesicht. „Oder der Verstand. Das wär bei manchen hier gar nicht so schlimm."

Izabella hatte sich inzwischen erhoben, mit einer Haltung wie aus einem alten Opernplakat. „*Ich liebe ihn*", sagte sie mit Inbrunst. „Den Marder. Ich weiß, das klingt verrückt. Aber als er mir das Herz nahm, hat er mir auch etwas gegeben. Freiheit. Tiefe.
Eine neue Art von Schmerz." Ágnes hob eine Augenbraue.
„Das klingt nach einem sehr schlechten Gedicht. Oder nach einer schlechten Entscheidung."

„Womöglich beides", murmelte Károly.

Sie verbrachten den Rest des Nachmittags damit, den Dachboden nach Spuren abzusuchen, Marderlockstoff in Schalen auszulegen und mit der Dorfärztin zu telefonieren, die bestätigte, dass Izabella körperlich zwar völlig stabil, aber herzlos war. Im wahrsten Sinne. Am Abend schließlich saßen sie wieder im Garten von Ágnes, das Licht flackerte durch die Zwetschgenzweige, und die ersten Mücken surrten wie Geister vergangener Sommer.

„Ein Marder, der Herzen stiehlt", sagte Ágnes nachdenklich.
„Und Knopflöcher. Alles, was das Verbindende symbolisiert. Was etwas zusammenhält."

„Oder auseinanderreißt", ergänzte Gábor. „Vielleicht ist das gar kein Tier, sondern ein Bote."

„Oder eine Art Dieb mit Sinn für Romantik", überlegte Károly. „Die gefährlichste Sorte."

In der Ferne klapperten die Störche, eine neue Botschaft. Károly horchte auf, seine Augen wurden schmal. „Gyékényes. Zwei weitere Fälle. Diesmal sind es Gesichter. Spiegelbilder. Einfach verschwunden." Ágnes stand auf, nahm den Besen und prüfte die Borsten. „Dann wird's Zeit, dass wir dem Marder eine Falle stellen. Aber keine gewöhnliche. Wir brauchen etwas... Unerwartetes."

Gábor sah sie an. „Du meinst wie... eine Opernsängerin mit einem kaputten Grammophon und einem Herz aus Hühnerleber?"

Ágnes grinste schief. „Nein. Ich meine Liebe."

Und während die Nacht über das Land kroch wie ein samtener Vorhang, hockte irgendwo auf einem Dachfirst ein Marder mit traurigen Augen und einem pochenden Etwas in der Pfote, das nicht ihm gehörte – aber vielleicht gebraucht wurde.

KAPITEL 6: DAS VERSCHWUNDENE LIED DER ZIMBALOM-SPIELERIN

(Eine Musikerin verliert ihr Lied – es taucht als Melodie aus einem Fass auf.)

Der Wind wehte schwach, aber mit einer Meinung. Über den Hof der alten Brennerei bei Harkány schlich er sich wie eine Katze mit nassen Pfoten, trug den Geruch von feuchtem Holz, altem Most und einer Prise Weltuntergang in die Nase derer, die sich hier versammelt hatten. Es roch nach Verlust – und nach Musik, die nicht mehr war.

Mit dem Schwanentaxi ging es von Harkány nach Eger wo eine Frau ein Lied vermisste.

„Sie hat's verloren", sagte Ágnes und spuckte in die nasse Erde, als könne sie die Ungerechtigkeit damit ausspucken. „Was? Die Zimbalom-Spielerin?" Gábor verzog das Gesicht, als müsste er sich erst an die Vorstellung gewöhnen, dass Musik verschwinden konnte.

„Ein Lied verliert man nicht einfach. Das ist wie… wie ein Bein."„Oder eine Leber", krächzte Károly von der Regenrinne, wo er mit zusammengekniffenen Augen in den Hof hinabspähte. „Aber wer weiß – bei der Frau würd mich nicht wundern, wenn das Lied freiwillig gegangen ist."

Sie standen vor einem windschiefen Nebengebäude, das einst ein Schweinestall gewesen war, dann ein Atelier für unglückliche Keramik, und nun als Proberaum diente – für die legendäre Magdolna Kékesi, genannt Mágda, die beste Zimbalom-Spielerin diesseits der Donau. Oder zumindest bis vorgestern.

33

„Sie sagt, sie hat's am Morgen gemerkt", murmelte Ágnes und zupfte sich das Kopftuch zurecht. „Wollte spielen, aber die Saiten waren stumm. Nicht kaputt – stumm. Wie verflucht."

„Vielleicht ist ihr Lied nur abgehauen, weil's zu viel schief gespielt wurde", säuselte Károly und spreizte die Flügel genießerisch. „Ich kenn das. Ich bin mal vor einem Klarinettisten geflohen. Zwei Monate lang Tinnitus."

Im Inneren der Hütte roch es nach nassem Samt, Wermuttee und zerplatzten Träumen. Mágda saß auf einem Hocker, das Zimbalom vor sich, die Hämmerchen in der Hand, als könnte sie durch pure Willenskraft das Lied zurückklopfen.

„Es war da", sagte sie. „Mein Lied. ‚Sárga Hold'. Ich hab es immer zuerst gespielt. Und jetzt... nichts. Nur noch Luft. Keine Melodie. Keine Erinnerung an die Melodie. Ich weiß nur, dass es war. Verstehst du?"

Gábor schnupperte. „Hier riecht es, als hätte jemand versucht, einen Rosmarinzweig zu räuchern.""Das war ich", sagte Mágda. „Ich dachte, es könnte helfen."

„Hat's nicht", stellte Károly fest. „Dafür hat's mein Gefieder versengt."

Ágnes trat näher, legte eine runzelige Hand auf das Instrument. „Es ist kalt", murmelte sie. „Wie ein leerer Krug." Gábor klopfte an den Rahmen. „Nicht einmal ein Echo."

Mágda schluckte. „Ich habe gestern an diesem neuen Stück gearbeitet. Etwas mit Schattensprüngen und Halbtönen. Und dann war es weg. Einfach... weg."

„Du meinst, das neue Stück?"

„Nein. Das alte. Das neue hat's wohl mitgenommen."

Károly stieß ein boshaftes Kichern aus. „Ha! Ein Lied als Dieb. Das ist neu. Vielleicht hat's sich ins nächste Fass verkrochen."

„Was soll das heißen?", knurrte Gábor.

Der Rabe schlug mit den Flügeln. „Na, denk doch nach, Dummkopf. Zuerst verschwindet der Pálinka. Dann die Knopflöcher. Jetzt Lieder. Immaterielle Dinge. Aber sie verschwinden nicht einfach – sie… ziehen um."

Ágnes' Augen blitzten. „Du meinst, sie werden gesammelt?"

„Genau das meine ich. Jemand – oder etwas – baut sich ein Museum der gestohlenen Kleinigkeiten. Nicht die Dinge selbst, sondern das, was sie bedeuten. Der Durst. Die Erinnerung. Der Ton."

Sie schwiegen, während draußen der Wind gegen das Blechdach pfiff wie ein schlechtgelaunter Flötist.

Mágda begann leise zu klopfen, nur zum Trost. Kein Lied.

Kein Rhythmus. Nur das Echo eines Verlustes.

Ágnes drehte sich zur Tür. „Wir gehen nach Siklós. Dort spielt morgen die Stadtkapelle. Wenn dort auch was fehlt, wissen wir mehr."

„Vielleicht fehlt dort das Dirndl", warf Károly hinterher. „Oder die ganze erste Trompete."

„Halt den Schnabel."

„Kann ich nicht. Bin Rabe. Berufsethos."

Sie verließen die Hütte, die Mágda zurückließ wie eine Witwe nach der Beerdigung.

Und draußen klapperte es wieder – nicht von den Störchen diesmal, sondern aus einem leeren Fass neben der Tür. Drei Töne. Immer dieselben.

Gábor blieb stehen. „Habt ihr das gehört?"

Ágnes nickte. „Sárga Hold. Drei Töne. Es ist noch da. Irgendwo." Károly grinste schief. „Dann wird's Zeit, den Klangfänger auszupacken."

Und so begannen sie, nach einem Lied zu suchen, das nicht nur verschwunden war – sondern entschieden hatte, einen anderen Ort zu bewohnen.

TEIL II –

DER SCHATTEN DER KISZÁSOK

KAPITEL 7: DER FLIEGENDE MARKT VON VEMÉND

(Ein wandernder Schwarzmarkt mit magischen Tauschwaren. Erste Hinweise auf die Kiszások.)

Veménd war kein Ort, den man zufällig betrat. Es lag verborgen zwischen knorrigen Hügeln, deren Namen selbst die alten Karten nur als "unbenannt" vermerkten, eingerahmt von Brombeerhecken, die bei Mondlicht flüsterten. Wer sich hierher verirrte, hatte entweder eine Schuld zu begleichen oder eine Frage zu stellen, die kein Priester beantworten konnte. Oder aber, er hatte einen Geruch in der Nase: verbrannter Rosmarin, feuchter Ziegenpelz, heißer Honig und ein Hauch von Kümmel.

Der fliegende Markt von Veménd war kein Ort, sondern ein Zustand. Er erschien nie zweimal an derselben Stelle und niemals zu planbaren Zeiten. Man musste eingeladen werden. Nicht mit Worten, sondern mit Zeichen: ein totes Huhn auf der Fensterbank, ein schiefer Löffel im Spülbecken, das Glühnen eines einzigen Maiskorns im Feuer.

Károly war es gewesen, der den Hinweis entdeckt hatte. "Eierschale im Wind – das bedeutet Veménd!", krächzte er triumphierend, als er einen Streifen alter Zeitung mit dem Abdruck eines Marderfußes fand. "Oder jemand hat seinen Hausgeist unzufrieden gemacht."

Gábor brummte. "Oder jemand hat zu viel Bohnenpüree gegessen."

Ágnes, die gerade mit dem Besen in der Hand einen Kranz aus Knoblauch und Fenchel um ihre Schuhe band, hob eine Braue. "Wenn es wirklich Veménd ist, brauchen wir etwas zum Tauschen."

"Ich habe noch den goldenen Zahn vom Zahnarzt von Komló", bot Gábor an.

"Den, der in Zungen sprach, wenn er betrunken war?"

"Der gleiche."

"Gut. Pack ein."

Als sie das nächste Mal blinzelten, standen sie bereits am Rand des Marktes. Das war Teil der Magie: Niemand betrat den Markt bewusst. Man war einfach da. Die Welt veränderte ihren Aggregatzustand, und statt Zeit gab es Gerüche, Farben, verdrehte Musik.

Übereinander geschichtete Zelte in Farben, die es in der Natur nicht geben sollte. Töne, die sich wie kleine Tiere an die Fersen hängten. Eine alte Frau, die mit Mohnkapseln pokerten. Ein Mann mit einem dritten Ohr auf der Stirn, das jede Lüge sofort mit einem Pfeifton kommentierte. Und über allem ein leiser, summender Gesang wie von Bienen, die heimlich Geige spielen.

"Ich hasse diesen Ort", flüsterte Károly. "Er erinnert mich an meine erste Frau."

"Du warst nie verheiratet", schnappte Gábor.

"Sag ich ja."

Sie gingen durch Gassen, die sich bewegten, durch Stände, die sich ihre Kundschaft selbst suchten. Auf einem umgedrehten Bottich bot ein alter Schnapsgeist Rauch in kleinen Gläsern an: "Der letzte Atem von jemandem, der den perfekten Pflaumenbrand gerochen hat."

Ágnes blieb stehen. "Károly. Fühl mal."

Der Rabe flatterte auf ihre Schulter. "Hier ist was."

Ein Stand, der aussah wie aus alten Fäden gewebt, dünn wie Spinnennetze. Dahinter: Knöpfe, Knopflöcher, halbe Kleider, ganze Erinnerungen an Stoff. "Tausch gegen Scham, Unschuld oder schlechte Gedichte", stand auf dem Schild.

"Das ist unsere Spur", flüsterte Ágnes.

Sie erfuhren nicht viel, aber genug. Der Händler mit den Spinnennetzen sprach kaum. Doch als Gábor ihm den goldenen Zahn reichte, sagte er leise: "Die Kiszásák sind aufgewacht. Sie sammeln."

"Was?"

"Was sie einst gaben. Und mehr. Immer mehr."

Ein Zittern ging durch den Markt. Der Wind drehte. Die Farben wurden spröde. Das war das Zeichen: Der Markt brach auf. Einer nach dem anderen verschwanden die Stände, wie von einem unsichtbaren Staubsauger eingesogen.

"Schnell!", rief Ágnes. "Zurück zum Schwanentaxi!"

Kaum hatten sie ihre Tauschware wieder eingepackt, war Veménd nur noch ein vergessener Geruch. Nur Károly trug einen neuen Knopf am Gefieder.

"Ich glaube, das war der Knopf von meinem ersten Tod", murmelte er. Und lachte dabei so gehässig, dass selbst die Bienen im Geigenkasten kurz verstummten.

Agnes stellte sich mit dem Besen in der Hand an den Rand des Platzes, wirbelte ihn laut :**HULE HULE HULE** rufend durch die Luft und im gleichen Augenblick hörte man das Rufen der Schwäne die sich ,laut schnatternd näherten.

KAPITEL 8: DIE MORSESTÖRCHE TANZEN RÜCKWÄRTS

(Störche senden rückwärts gesprochene Nachrichten. Ein Mysterium.)

Der Morgen begann mit einem Geräusch, das weder wirklich klapperte noch zwitscherte, sondern irgendwo dazwischen lag – ein seltsames, rückwärts gespieltes Schnabelgeklapper, das durch die Dächer der Dörfer wehte, als hätten die Störche beschlossen, ihre Nachrichten zu verschlüsseln.

Ágnes rieb sich die Augen, während Gábor mit einem skeptischen Blick aus dem Fenster starrte. „Das klingt wie... als würden die Störche versuchen, eine alte Schallplatte rückwärts abzuspielen."

Károly, der Rabe, saß auf dem Dachfirst und schnarrte hämisch: „Wenigstens sind sie mal kreativ. So kommt vielleicht was Neues bei rum, anstatt dieses ewige ‚Wir brauchen Pálinka'-Gejammer."

„Rückwärtsmorse", murmelte Ágnes. „Das ist neu." Sie griff nach dem Feldtelefon, einer kuriosen Apparatur, die mehr aus Holz, Draht und Magie als aus Technik bestand, und versuchte, die Nachrichten zu entschlüsseln.

Die Störche schienen in einem wirren Muster zu klappern, das alle üblichen Morsezeichen auf den Kopf stellte. Es war, als wollten sie eine Warnung senden, die nur diejenigen verstehen konnten, die nicht nur hören, sondern auch fühlen konnten.

„Fühlt sich an, als hätte jemand die Zeit zurückgedreht", sagte Gábor finster. „Oder versucht, uns zu verarschen."

„Vielleicht sind die Störche nur gelangweilt", krächzte Károly spöttisch. „Oder sie haben zu viel Sonne intus und spielen mit der Zeit herum. Ich hab jedenfalls noch nie so einen Mist gehört."

Doch Ágnes war sicher, dass hinter diesem seltsamen Schauspiel mehr steckte. Sie wusste, dass die Natur manchmal ihre eigene Sprache sprach – eine Sprache, die nur diejenigen hörten, die bereit waren, genau hinzuhören.

Das Klappern der Störche, das diesmal rückwärts tanzte, war mehr als ein Rätsel. Es war ein Warnruf, der sich gegen den Strom der Zeit stemmte, und sie wussten, dass sie sich beeilen mussten, bevor die Nachricht zu spät kam.

Während sie noch grübelten, landete Károly mit einem dramatischen Flügelschlag auf der Fensterscheibe. „Wenn ihr mich fragt, ist das Ganze nur ein verspäteter Aprilscherz der Natur. Oder ein Zeichen, dass ich hier mal wieder aufräumen muss – ein bisschen Chaos, ein bisschen Ordnung, das übliche Spiel."

Ágnes seufzte, während draußen die Störche weiter rückwärts klapperten, ihre Morsezeichen wie aus einer anderen Welt wirkten.

Das Funknetzwerk der Störche hatte sich verändert, und mit ihm veränderte sich auch die Bedrohung, die über der Baranya schwebte – unsichtbar, unberechenbar und unaufhaltsam.

KAPITEL 9: DAS NEST DER NÜCHTERNEN

Ein ganzes Dorf, in dem niemand mehr trinkt – freiwillig oder verflucht?

Als Ágnes, Gábor und Károly die staubige Landstraße entlang-
zogen, schlug ihnen eine seltsame Stille entgegen – nicht die
Art, die von friedlicher Abgeschiedenheit kündete, sondern die
nervöse Leere eines Ortes, in dem die Pálinka ihren Geist
aufgegeben hatte. Sie erreichten das Dorf Százhalombatta,
das von außen wirkte wie jedes andere Dorf in der Baranya,
mit seinen verwitterten Fachwerkhäusern, den knarrenden
Holztüren und dem immer leicht schräg hängenden Kirchturm,
der so tat, als würde er die Last der Jahre einfach abwerfen
wollen.

Doch das Dorf war anders. Ein Nest der Nüchternen, wie Ágnes es nannte. Das erste, was ihnen auffiel, war die ungewöhnliche Sauberkeit. Keine Spuren von ausgelassenem Feiern, kein Gläserklirren, keine betrunkenen Stimmen, die aus
den Kneipen drangen. Die Bewohner – Menschen, die sonst
eher dazu neigten, das Leben mit einem kräftigen Schluck zu
feiern – liefen mit einem merkwürdig ernsten Ausdruck durch
die Straßen. Sie grüßten knapp, als hätten sie Angst, bei einem zu herzlichen Gespräch das böse Wort „Pálinka" auszu-
sprechen und damit eine alte Wunde aufzureißen.

Károly landete auf einer Laterne und schnarrte: „Hier ist ja
nichts los. Nüchternheit hat offensichtlich die Oberhand ge-
wonnen. Das ist schlimmer als eine katholische Beerdigung."
Gábor schmunzelte, während Ágnes sich die Stirn rieb. „Vielleicht ist das hier die Kehrseite unserer verschwundenen Flüs-
sigkeit. Ohne Pálinka geht nichts mehr – keine Feste, keine
Geschichten, keine Hoffnung."

Sie betraten die Dorfkneipe, die „Zur tanzenden Kröte", einen
Ort, der sonst vor Lärm und Geruch von gebranntem Zucker

und überlagertem Schnaps nur so vibrierte. Drinnen herrschte eine bedrückende Stille. An der Theke saß eine Frau mittleren Alters, die an einem Glas Wasser nippte und ihnen misstrauisch entgegenblickte. „Ihr seid nicht von hier, was?"

Ágnes nickte. „Wir suchen Antworten. Was ist hier los?"

Die Frau seufzte tief. „Wir sind nüchtern geworden – nicht freiwillig. Es begann vor Wochen, als die Vorräte schwanden. Erst dachten wir, es sei nur ein schlechter Scherz. Dann kam der Fluch." Ihre Stimme senkte sich zu einem Flüstern, das fast vom Wind verschluckt wurde. „Ein Fluch, der die Freude raubt und die Kehlen trockenlegt."

Károly grinste schief: „Flüche? Na, wenn's hilft, bleibt wenigstens eure Leber heil." Ágnes warf dem Raben einen scharfen Blick zu, doch er zuckte nur mit den Schultern und pickte genüsslich an einem Krümel auf dem Tresen.

Die Frau erzählte von nächtlichen Schatten, die durch die Gassen schlichen, von flackernden Laternen, die nicht brennen wollten, und von Träumen, in denen das Verlangen nach Pálinka wie eine ständige Qual nagte. „Manche sagen, die Kiszások sind schuld, die dunklen Gestalten aus den Legenden, die das Gleichgewicht stören wollen."

„Kiszások", murmelte Gábor, „diese alten Gespenster der Baranya, die man besser nicht weckt."

Ágnes schloss die Augen. „Wir müssen herausfinden, was dahintersteckt. Bevor das Nest der Nüchternen zum Grab der Freude wird." Der Abend senkte sich, und draußen begann es wieder zu klappern – doch diesmal war es kein Morse, den die Störche schnäbelten, sondern ein melancholisches Lied, das von der Sehnsucht erzählte, von Liebe, Verlust und der Hoffnung auf einen Schluck Leben.

KAPITEL 10: DAS LABYRINTH VON SZIGET-VÁR

(Eine alte Legende führt unsere Ermittler in die Höhlen unter dem Berg.)

Sobald man den Schatten des Labyrinth von Szigetvár betrat, spürte man, dass hier längst nicht mehr nur der Wind die Geschichten trug, sondern Geheimnisse, die so alt waren wie der verwitterte Berg selbst. Die Luft war feucht, schwer, vermischt mit dem erdigen Geruch von Moos und altem Stein, und irgendwo tropfte unaufhörlich Wasser, als ob die Höhle selbst weinte. Ágnes stand am Eingang, den Besen fest in der Hand, während Gábor die Stirn runzelte und Károly hoch oben auf einem knorrigen Ast saß und mit seinem spitzen Schnabel die Umgebung musterte.

„Ein Labyrinth, das keine Touristen mag", schnarrte Károly. „Hier drin verlierst du mehr als nur die Orientierung – vielleicht sogar deine guten Manieren." Sein Blick glitt zu Gábor, der sich gerade eine düstere Stirnfalte zurechtzog. „Ich dachte, wir jagen Pálinka-Piraten, nicht Geister und Fledermäuse."

Ágnes drehte sich um und musterte den Raben mit einem schelmischen Grinsen. „Wenn du noch eine spitze Bemerkung machst, setz ich dich in den Weinkeller." „Da hat's immerhin mehr Sonne als hier unten." krächzte Károly amüsiert, aber er wusste, dass das keine leere Drohung war.

Sie betraten das Gewirr aus engen Gängen und niedrigen Kammern, deren Wände von unzähligen kleinen Tropfen glitzerten. Der Boden war schlammig, und überall lagen kleine Kieselsteine, die unter den Schuhen knirschten. Das Licht ihrer Laternen warf gespenstische Schatten, die in den Ecken tanzten und jeden Schritt begleitet zu haben schienen.

„Man sagt", begann Ágnes, „dass die Höhlen unter Szigetvár einst von den Kiszások genutzt wurden – geheimnisvolle Gestalten, die lieber im Dunkeln agieren, als sich dem Sonnenlicht zu stellen. Die haben hier wohl ihre Lager aufgeschlagen und Dinge getan, von denen man besser nichts wissen will." Gábor schnaubte. „Typisch. Geheimnisse, die man mit Alkohol vertuschen will." Károly kicherte spöttisch: „Na, vielleicht bringen wir ihnen ja die ultimative Strafe: kein Pálinka mehr. Das dürfte sie zerreißen."

Ein plötzlicher Windstoß, der durch einen verborgenen Spalt pfiff, ließ sie zusammenzucken. Die Höhle schien zu atmen, zu flüstern. „Hier unten hört man mehr als man möchte", murmelte Ágnes. „Und das nicht nur das Echo unserer Schritte." Die feinen, unregelmäßigen Zeichen an den Wänden – alte Markierungen, vielleicht Warnungen – ließen Gábor frösteln. „Ein falscher Schritt, und wir sind verloren. Oder schlimmer." Károly reckte den Hals, seine Augen funkelten giftig. „Wenn ihr mich fragt, ist das hier eine Einladung zum Untergang. Ich wäre lieber draußen, wo es wenigstens frische Luft gibt."

Aber keiner wollte zurück. Die Spur führte sie tiefer, in ein Labyrinth, das mehr Fragen stellte als Antworten gab. Die Zeit schien langsamer zu vergehen, und jeder Schatten wirkte wie ein lauernder Beobachter. In einer kleinen Kammer entdeckten sie verwitterte Fässer, deren Holz Risse hatte und deren Inhalt längst verdunstet war. „Auch hier hat der Pálinka wohl schon lange das Weite gesucht", kommentierte Ágnes trocken.

„Das ist kein Zufall", knurrte Gábor. „Wer auch immer hier seine Finger im Spiel hat, kennt diese Höhlen. Und nutzt sie als Versteck oder Werkstatt." Károly gackerte spöttisch: „Werkstatt? Oder dunkles Labor für den ultimativen Schnapsklau?"

Ein dumpfes Geräusch hallte durch den Gang, sie hielten alle inne. War es nur ein Stein, der gefallen war, oder etwas Unheimlicheres?

Ágnes hob die Laterne höher und schickte ihren Blick in die Dunkelheit. „Auf jeden Fall ist es hier unten nicht sicher. Wir müssen herausfinden, was hier passiert – und vor allem, wie es mit dem verschwundenen Pálinka zusammenhängt." Gábor nickte ernst. „Das Labyrinth von Szigetvár ist mehr als nur ein Haufen Steine. Es ist ein Spiegel dessen, was hier vor sich geht – verworren, gefährlich und nicht ohne Grund."

Károly setzte sich auf einen Stein und krächzte sarkastisch: „Na, wenn das hier die Schatzkammer der Pálinka-Piraten ist, dann gute Nacht, ihr Menschen. Ich bleib bei meinen Krähenfedern, danke." Sie lachten leise, obwohl ihnen allen klar war, dass das Lachen nur die Angst vor dem, was noch kommen würde, übertönen sollte.

Tief im Berg, hinter den letzten Wendungen, wartete etwas, das ihre ganze Entschlossenheit fordern würde – das Labyrinth von Szigetvár war erst der Anfang.

KAPITEL 11: DER FLUCH DES SCHNAPSBREN-
NERS

(Ein uralter Pálinka-Geist bittet um Erlösung.)

Es war ein zäher, feuchter Abend, als Ágnes und Gábor sich wieder auf den Weg machten, begleitet von Károly, der mit seiner düsteren Miene jede Bewegung scharf beobachtete. Der Wind trug den scharfen Duft von verbranntem Holz und altem Alkohol, eine Mischung, die den Atem kratzig machte und die Haut zu pellen schien. Sie näherten sich der kleinen Brennerei am Rand von Baja, einem Ort, den jeder Dorfbewohner nur flüsternd erwähnte – als wäre allein der Name ein Zauber, der das Unheil heraufbeschwört.

Der Brenner, ein Mann namens Mihály, war bekannt für seinen eigenwilligen Charakter und eine Legende, die sich wie ein Schatten über sein Leben legte: Ein Fluch sollte auf ihm lasten, der ihn zwang, seine Schnäpse niemals zu trinken, ohne dass ihnen bitterer Rauch entwich und die Farbe wie Asche wurde. „Er hat seine Seele im Kessel verloren", murmelten die Alten. „Und wer den Fluch berührt, sieht die Welt in Trümmern."

Am Tor zur Brennerei stieg ein Geräusch auf, wie das Knistern von trockenen Blättern und das leise Klirren zerbrechenden Glases. Gábor zog den Mantel enger, während Ágnes den Besen fester umklammerte, als könne er sie vor dem Dunkel bewahren. „Hier drin hat jemand viel mehr zu verlieren als nur ein paar Flaschen", sagte sie, ihre Stimme hart wie gebrannter Ton. Im Inneren roch es nach vergorenen Früchten und kaltem Eisen. Die Luft war dick, als hätte sie Jahrzehnte der Geheimnisse eingesogen. Mihály saß neben seinem Kessel, der dampfte und glühte, als lebte darin ein eigenes Wesen.

Seine Augen wirkten leer, doch im Flackern des Feuers schimmerten sie gefährlich – wie das Versprechen einer alten Rache.

„Ihr sucht den Grund für das Verschwinden?", fragte er mit heiserer Stimme, die wie ein Schleier zwischen Leben und Tod klang. „Der Fluch ist echt. Die Tünde haben ihn gelegt, weil ich gebrannt habe, was niemand kosten sollte." Er zeigte auf den Kessel, der langsam von innen zu leuchten begann. „Dieses Destillat bringt nicht nur Trunkenheit. Es trägt die Erinnerungen derer, die es trinken – und die Strafe derer, die sich weigern." Károly krächzte höhnisch von seinem Ast: „Ach, der arme Mihály, vom Geist geplagt, aber immer noch zu stur, um die Wahrheit zu schlucken." Er warf einen Blick auf Ágnes. „Was macht die resolute Besenmeisterin hier? Noch ein Geist, den sie bannen will?" Ágnes lächelte scharf, „Vielleicht." Dann wandte sie sich Mihály zu: „Zeig uns, was du weißt, und vielleicht kann der Fluch gebrochen werden."Der Brenner stand auf, und mit jedem Schritt zitterte der Boden unter ihnen. Die Flammen spiegelten sich in seinen Augen, als er das geheimnisvolle Fass aufschloss, aus dem ein heller, funkelnder Nebel entwich – als würde der Schnaps selbst Geschichten flüstern, die niemand hören sollte.

„Die Antwort liegt nicht in der Menge, sondern im Geist", murmelte Mihály. „Passt auf, was ihr trinkt – oder was euch trinkt."

Und während der Rauch sich um sie legte, spürten sie, wie die Zeit selbst langsamer wurde, als wäre der Fluch des Schnapsbrenners mehr als eine Legende – vielleicht ein Vorbote dessen, was noch kommen sollte.

KAPITEL 12: DIE TÄNZE DER TÜNDE

(Erste Begegnung mit den Tünde – und eine Warnung.)

Das Wasser des Sió-Kanals glitzerte silbern im Mondlicht, schimmernd wie ein altes Geheimnis, das nur darauf wartete, wieder ans Licht zu kommen. Die Ufer waren gesäumt von Schilf und verwitterten Holzstegen, die knarrten, als wollten sie Geschichten erzählen, die längst vergessen schienen. Hier, an diesem stillen Flussarm nahe Paks, waren die Tünde zu Hause – Wesen, so alt wie das Wasser selbst und doch so rätselhaft wie der Nebel, der die Baranya oft bedeckte.

Anders als die Bilder, die sich Menschen von Nixen ausmalten – anmutig tanzend auf der Landzunge, mit wehenden Haaren und verführerischen Blicken – waren die Tünde in Wahrheit Geschöpfe des Wassers, gefesselt an die Fluten und Strömungen. Wenn sie an Land versuchten zu tanzen, wirkte es eher wie ein kläglicher Versuch, dem eigenen Schatten zu entkommen. Ein unbeholfenes Hüpfen, das erinnerte an ein nasses Huhn, das seine Flügel ausbreiten will.

Ágnes stand mit verschränkten Armen auf dem moosigen Ufer, ihre Stirn in kleine Falten gelegt, während Károly, der Rabe, sich in einem nahegelegenen Schilfbusch niederließ, die Federn leicht aufgeplustert, um mehr als genug Platz zum Spott zu haben. „Siehst du, wie die da zappeln?", krächzte er trocken. „Als hätten sie den ganzen Sommer lang nur auf dem Trockenen verbracht. Wer sich so an Land verirrt, hat entweder keinen Orientierungssinn oder einfach zu viel Pálinka intus."

„Vielleicht sind sie zu neugierig", sagte Ágnes mit einem leichten Schmunzeln. „Oder zu verzweifelt, um auf die Warnungen zu hören." Sie deutete auf die Wasseroberfläche, die sich zu kräuseln begann, als würde der Fluss selbst auf ein unsichtbares Orchester reagieren.

Plötzlich brach eine kleine Welle über den Steinen und das Wasser färbte sich in schimmerndes Blau und Grün. Aus dem Dunkel tauchten die Tünde auf. Ihre Haut schimmerte perlmuttschimmernd, mit feinen Schuppen überzogen, die im Mondlicht wie Edelsteine funkelten. Haare, die aussahen wie verfilzte Wasserpflanzen, klebten an ihren Schultern, und ihre Augen waren kalt, tief und voller uralter Geheimnisse.

Sie bewegten sich nicht, wie man es von Landtänzern erwartet hätte, sondern flossen und wirbelten wie ein lebender Wasserwirbel, der alles um sich herum in seinen Bann zog. Die Tünde tanzten nicht, sie waren der Tanz selbst – ein Ritual des Wassers, das weder Anfang noch Ende kannte.

Károly konnte sich einen gehässigen Kommentar nicht verkneifen: „Wunderschön wie ein Fischgeruch an einem heißen Sommertag. Und gefährlich wie die Rechnung danach. Wer weiß, wie viele Ertrunkene schon zu ihrem Lied wurden."

„Sie ziehen Menschen an", sagte Ágnes nachdenklich, „mit einem Sog, der nicht sichtbar, aber umso mächtiger ist. Manche sagen, sie holen die Seelen der Nachtschwärmer aus den Bars und Festen, ziehen sie mit sich in die Tiefe, wo die Zeit stillsteht."

„Und die Knopflöcher?", fragte Károly scharf. „Vielleicht brauchen sie die Löcher für ihre Tanzkleider. Ohne Knopflöcher, keine Tünde."

„Oder sie stehlen Knöpfe, um an Land nicht so unbeholfen auszusehen", lachte Ágnes leise.

Der Wind drehte und brachte das Flüstern der Schilfhalme mit sich. Das Wasser begann erneut zu glitzern, die Tünde versanken langsam wieder in die Tiefen, ihre Silhouetten verschwanden wie Nebel im Morgengrauen.

Die Nacht legte sich erneut schwer und geheimnisvoll über das Ufer. Das Wasser lag still, doch in seiner Stille lag eine unergründliche Macht, eine Magie, die stärker war als Worte. Und während Ágnes und Károly schweigend dasaßen, war beiden klar: Diese Wesen waren kein einfaches Ärgernis, sondern ein Teil der Seele Baranyas – zugleich Fluch und Segen, Rätsel und Offenbarung.

Doch wer in einer lauen Nacht glaubt, den Ruf der Musik zu hören, wo keine ist, oder meint, Lichtreflexe tanzen zu sehen, wo nur dunkles Wasser fließt – der sollte sich dreimal bekreuzigen, die Schuhe fest schnüren und einen großen Bogen um den Sió machen. Denn die Tünde tanzen nicht, um zu gefallen. Sie tanzen, um zu locken. Und wer zu lange hinsieht, tanzt vielleicht mit – ein letztes Mal.

KAPITEL 13: IM WALD DER 13 SCHATTEN

(Die Kiszások tauchen als Gerücht auf.)

Die Nacht hatte sich über das stille Flusstal von Szigetvár gelegt, und der Mond warf silberne Schleier auf die knorrigen Eichen und düsteren Tannen, die wie stille Wächter über das Land wachten. Es war eine dieser Nächte, in denen die Schatten nicht einfach nur Schatten waren, sondern lebendige Wesen, die zu flüstern begannen, wenn man genau hinhörte.

Ágnes stand am Rande des Waldes, zu dem sie das Schwanentaxi gebracht hatte und der von den Einheimischen ehrfürchtig „Wald der 13 Schatten" genannt wurde. Sie zog ihr Kopftuch fester um den Kopf. Der Besen ruhte locker in ihrer Hand, bereit, falls die magischen Kreaturen, von denen man hier erzählte, wirklich ihre Präsenz spüren ließen.

„Du glaubst wirklich an diese alten Geschichten?", krächzte Károly spöttisch von einem Ast herab, seine schwarzen Augen funkelten vor amüsiertem Sarkasmus. „Schatten, die tanzen? Nixen, die keine Tanzfläche betreten? Lächerlich. Aber ich gebe zu, hier riecht es heute besonders nach Magie – oder nach faulen Eiern."

„Sei still, Rabe", zischte Ágnes. „Wir sind hier, weil sich die Geschichten häufen. Pálinka verschwindet, Leute werden seltsam krank, und überall taucht das Flüstern von Tünde auf. Die Wasserwesen, die hier angeblich leben, sind nicht nur Legenden. Und hast du gehört, was man im Dorf gestern gemurmelt hat?"

Károly ruckte mit dem Kopf. „Wenn's nicht um Maisbrei ging, hab ich's wohl verpasst."

Ágnes' Stimme wurde leiser, als spräche sie gegen das Schweigen des Waldes an. „Einige sagen, die Kiszások seien wieder unterwegs – nicht als Männer, sondern als Schatten.

Dass sie sich im Nebel zeigen, wenn die Tünde tanzen. Niemand will es laut sagen, aber das Flüstern ist da."

„Ah, die guten alten Kiszások", murmelte der Rabe. „Wenn man lang genug wartet, kommt jeder Schrecken zurück, diesmal in Nebelform."

Sie trat tiefer in den Wald, wo das Moos unter ihren Füßen wie samtene Polster knirschte, und die Luft schwer war von Feuchtigkeit und einem Hauch von Verheißung. Plötzlich glitt ein kühler Windstoß durch die Äste, und das Rascheln der Blätter klang wie ein Wispern aus uralten Zeiten.

„Achtung!", rief Ágnes, als sich die Nebelschwaden vor ihr zu bewegen schienen. „Hier endet das Reich der Menschen und beginnt das der Tünde."

Károly krächzte höhnisch: „Ich hab noch nie eine Nixe gesehen. Wetten, sie riechen nach altem Sumpf und heißen nichts als Ärger?"

Ein leises Lachen, das irgendwo zwischen Wasser und Wind schwebte, erfüllte die Luft, bevor eine schlanke Gestalt aus dem Schatten trat. Ihre Haut schimmerte bläulich-perlmuttartig, das Haar war nass und wirkte wie ein schwarzer Wasserfall, und die Augen glühten wie kleine Glutnester. Sie bewegte sich mit einer Eleganz, die zugleich bezaubernd und unheilvoll war.

„Ihr Menschen seid so leicht zu erschrecken und doch so neugierig", sagte sie mit einer Stimme, die wie das Plätschern eines Bachs klang. „Wir Tünde nehmen nur, was uns gehört. Pálinka, Lebensessenzen, Erinnerungen. Alles fließt in den Fluss zurück."

„Und was ist mit den verschwundenen Knopflöchern?", fragte Ágnes scharf. „Was hat das mit euch zu tun?"

Die Tünde lächelte verschmitzt. „Manche Dinge sind nur Symbole. Knopflöcher? Sie halten Dinge zusammen – so wie Geheimnisse und Bindungen. Wenn sie verschwinden, fällt die Fassade. Ihr Menschen vergesst oft, wie zerbrechlich eure Verbindungen sind."

Károly scharrte ungeduldig mit den Krallen. „Ich bleib bei meinem Verdacht: Wasserwesen und Schnaps? Unwahrscheinlich. Die begnügen sich mit Tau auf Seerosenblättern."

Ágnes warf ihm einen schiefen Blick zu, dann wandte sie sich wieder der Tünde zu. „Was wollt ihr wirklich? Warum raubt ihr uns?"

Die Nixe trat näher, die Augen nun ernster, und die Atmosphäre schien schwerer zu werden. „Nicht alles, was genommen wird, ist Verlust. Manchmal ist es ein Ausgleich. Ein Tanz zwischen den Welten. Doch achtet auf die Schatten, die folgen. Manche Tünde sind nicht mehr nur Wesen des Wassers, sondern der Dunkelheit."

Ágnes runzelte die Stirn. „Dunkelheit? Du meinst... die Kiszások?"

Die Tünde schwieg für einen Moment, dann neigte sie den Kopf leicht. „Es gibt Flüche, die tiefer reichen als der Fluss. Manche Seelen finden keinen Frieden. Sie verstecken sich in alten Namen."

Der Wald verstummte, und nur das leise Kratzen von Károlys Krallen auf einem Ast durchbrach die Stille. Ágnes spürte, dass sie an einer Schwelle standen – zwischen dem Sichtbaren und dem Verborgenen, zwischen Wahrheit und Legende.

„Wir müssen wachsam sein", murmelte sie, „denn im Wald der 13 Schatten tanzt nicht nur das Wasser... hier tanzt auch der Tod."

Der Rabe krächzte zustimmend, doch sein Tonfall war weniger spöttisch als sonst. Die Nacht war lang, und der Nebel dicker denn je, als die Gruppe langsam weiter in die Dunkelheit verschwand, begleitet vom geheimnisvollen Flüstern der Tünde – und von einem lautlosen Gerücht, das leise wie Nebel durch die Wälder kroch:

Die Kiszások seien zurück.

TEIL III –

DIE SPUR WIRD HEISS

KAPITEL 14: DAS FASS, DAS NICHT LEER WIRD

(Ein magisches Fass – Geschenk oder Falle?)

Das Dorf Bikal lag noch tief im Schleier des Morgendunstes, als Gábor, Ágnes und Károly durch die schmalen Gassen schlenderten. Die Häuser, alt und aus dunklem Holz gezimmert, schienen im Halbschlaf zu sein, während die Weinberge sich um das Dorf wie schützende Hände legten.

Nebelschwaden zogen träge über die Reben, und das leise Klappern der Morsestörche durchbrach die Stille – ein Morsecode, der von einem Funknetzwerk über die Täler hinweggeflattert kam. „...–...–...–...", klapperten die Schnäbel rhythmisch, Nachrichten, die nur die Eingeweihten verstanden, eine Botschaft von weiter weg, vielleicht ein Hinweis auf die Verwirrung um den verschwundenen Pálinka.

In der Dorfmitte, vor der alten Schenke „Zum Durstigen Kessel", stand es da: das geheimnisvolle Fass, das nie leer zu werden schien. Es war aus tiefbraunem Holz, fast schwarz vor Alter, mit Ranken und seltsamen Symbolen eingeritzt, die bei genauerem Hinsehen wie tanzende Schatten wirkten. Ein blasser Nebelschleier schien über seiner Oberfläche zu tanzen, als ob es atmete, lebte – oder lauerte.

„Was für ein altes Stück!", murmelte Ágnes und rieb sich die Stirn. „Das sieht aus, als hätte es mehr Geschichten zu erzählen als ein ganzer Jahrmarkt voller Schausteller." Sie hob den Besen etwas höher, als wollte sie sich gegen die unsichtbare Magie verteidigen, die das Fass umgab.

„Und die Geschichten sind alle dunkel", ergänzte Gábor mit einem Blick, der gleichzeitig Faszination und Vorsicht verriet.

„Man sagt, der letzte Besitzer war ein alter Schnapsbrenner, der mit einer Wasserhexe einen Deal gemacht hat – damit sein Fass nie leer wird. Aber wie bei jedem guten Pakt mit der Magie, hat er wohl den Preis nicht gezahlt."

Während sie so sprachen, plumpste etwas ins Wasser neben dem Dorfbrunnen – ein grünlicher Frosch, der sich missmutig räusperte.

„Wisst ihr, was das Schlimmste ist?", quakte er mit heiserer Stimme, „dass ich hier sitze und niemals eine Wolke schmecken werde.

Dabei stelle ich mir vor, wie fluffig und süß so eine schmeckt – ganz anders als das trübe Wasser hier."

Er schaute sehnsüchtig zum Himmel, wo erste Sonnenstrahlen die Nebel lichter werden ließen.

„Manchmal träume ich davon, mit den Wolken zu tanzen, über Felder und Berge zu gleiten, anstatt hier auf diesem kalten Stein zu hocken."

Károly schnalzte mit dem Schnabel und warf dem Frosch einen spöttischen Blick zu. „Wolken schmecken? Du bist verrückt Tibor. Aber immerhin hast du Träume – ich höre meistens nur das Geklapper der Störche und die Flüche der Dorfältesten, wenn der Pálinka knapp wird."

Das Klappern der Morsestörche wurde lauter, sie sendeten eilig neue Nachrichten aus, die rhythmisch über den Himmel jagten. Die Botschaften wirbelten zwischen den Weinreben und schienen das Geheimnis des Fasses zu umschweben. Gábor versuchte, die Signale zu entschlüsseln, doch sie blieben ein Rätsel – wie das Fass selbst.

„Dieses Fass ist wie ein schwarzes Loch für unseren Pálinka", sagte Ágnes, während sie das Fass vorsichtig berührte. „Es saugt alles auf, gibt nichts zurück, und wenn man versucht, daraus zu trinken, schmeckt es nach Leere. Wie ein Versprechen, das nie gehalten wird."

„Oder es bewahrt etwas auf", flüsterte Gábor. „Vielleicht eine Seele, vielleicht den Zorn eines alten Geistes."

Károly ließ sich auf das Fass nieder und reckte den Hals. „Ich kann die Geschichten hören, die es flüstert – altes Grollen und das Knarren von Jahrhunderten. Es lacht über uns, während wir versuchen, seinen Fluch zu lösen."

Die Sonne stieg höher und vertrieb langsam die letzten Nebelschwaden. Doch das Fass blieb geheimnisvoll, ein stiller Wächter eines dunklen Paktes, der tief in den Wurzeln des Dorfes und den Schatten der Vergangenheit verankert war.

Und während Gábor, Ágnes und Károly dort standen, spürten sie, dass ihre Suche gerade erst begonnen hatte – dass das Fass mehr als nur ein Gefäß war. Es war ein Schlüssel, ein Fluch und vielleicht sogar ein Flüstern von Magie, das nur darauf wartete, entfesselt zu werden.

Der unglückliche Frosch hüpfte resigniert von einem Stein zum anderen, murmelte noch etwas von „Wolken zum Kosten" und verschwand schließlich mit einem Platschen ins Wasser.

Károly schüttelte den Kopf und sagte trocken: „Immer diese Träumer... aber manchmal sind es die Träumer, die das Unmögliche möglich machen."

KAPITEL 15: DER KESSEL VON BÁTA

(In einem verfluchten Kessel kocht der gestohlene Pálinka weiter.)

Der Kessel von Báta stand am Rande eines vergessenen Hains, versteckt hinter knorrigen Bäumen, deren Äste sich wie knöcherne Finger gen Himmel reckten.

Nebel kroch über den moosbedeckten Boden und legte sich wie ein feuchtes Tuch über die alten Weinstöcke, die im letzten Licht des Tages noch schwach glänzten.

Ein mystischer Ort, von dem man sich erzählte, dass hier längst die Grenzen zwischen Wirklichkeit und Legende verschwammen.

Ágnes schob den muffigen Kapuzenumhang zurück und blickte auf den gigantischen, kupfernen Kessel, der vor ihr stand. Seine Oberfläche war mit unzähligen Kratzern und grünen Patina-Flecken übersät, als hätte er schon hunderte Jahre die Geheimnisse dieses Landes bewacht.

Aus dem Kessel stieg dicker, goldener Dampf auf, der den süßlichen Geruch von fermentiertem Obst und brennendem Harz verströmte – ein Duft, der gleichermaßen vertraut und fremd war, wie eine Erinnerung an vergangene Nächte und verborgene Gefahren.

Karoly, der Rabe, saß auf einem Ast direkt über Ágnes' Kopf und schnarrte gereizt: „Na, hier kocht's ja ganz schön, oder? Ein Kessel, der niemals leer wird – das klingt nach Zauberei, aber auch nach ziemlichem Ärger.

Hoffentlich fällt hier niemand rein, sonst gibt's eher Siedfleisch statt Pálinka."

Sein spitzer Schnabel blitzte schelmisch, als würde er sich über die nächste Katastrophe amüsieren.

Gábor stand neben Ágnes, die Hände tief in den Taschen vergraben, den Blick skeptisch auf das brodelnde Gebräu gerichtet. „Das ist kein gewöhnlicher Kessel. Die Alten erzählen, dass hier vor Jahrhunderten ein Schnapsbrenner seinen gesamten Schatz hineingeschüttet hat – und das Fass nicht leer werden sollte.

Ein Fluch, um den Pálinka vor Dieben zu schützen. Doch irgendwas ist schiefgegangen."

„Schiefgegangen?", murmelte Ágnes. „Wenn das hier ein Fluch ist, dann ein ziemlich hartnäckiger. Wer auch immer den Pálinka gestohlen hat, der Kessel fängt ihn nicht ein, sondern hält ihn gefangen – und das macht den ganzen Zauber gefährlich."

Karoly krächzte in den Abend: „Ich wette, der Kessel hat schon mehr gebrannt als die letzten drei Sommer hintereinander. Wer braucht schon Feuerwerk, wenn man so einen Hexenkessel hat?"

Plötzlich klapperte es im Geäst. Ein Schwarm der Funkstörche kam angeflogen, ihr Morseklappern zerschnitt die Stille des Waldes wie ein sachter Windstoß.

Die Vögel tauschten Nachrichten aus, deren rhythmisches Klappern zwischen den Bäumen hallte und eine fast hypnotische Wirkung entfaltete.

„Gefahr", schien die Botschaft zu flüstern. „Vorsicht vor dem, was im Kessel brodelt."

Gábor runzelte die Stirn. „Die Störche wissen offenbar mehr, als sie sagen."

Ágnes trat näher an den Kessel heran, ihr Blick wurde entschlossener.

„Wir müssen herausfinden, wie man den Fluch bricht. Aber Vorsicht: Wenn das Gebräu explodiert, fliegt uns nicht nur der Kessel um die Ohren, sondern wahrscheinlich das ganze Dorf."

Ein leises, schmatzendes Geräusch unterbrach ihre Unterhaltung. Karoly blickte auf einen kleinen Teich am Rand des Hains, aus dem Tibor der Frosch hervorsprang.

Er setzte sich auf einen Stein und starrte sehnsüchtig zum Himmel. „Ich wünschte, ich könnte einmal eine Wolke schmecken", quakte er traurig. „So flauschig und frisch, und voller Regen. Aber nein, ich bin hier unten festgeklebt."

Ágnes schmunzelte trotz der düsteren Lage. „Du armer Tropf. Vielleicht solltest du mal einen Schluck vom Kessel probieren – wer weiß, was für Wunder der Pálinka hier wirken kann."

Der Frosch hüpfte unbeeindruckt davon, aber sein trauriger Blick blieb haften, als wolle er sagen: „Träum weiter, Mensch."

Die Nacht senkte sich tief über Báta, und das Feuer unter dem Kessel flackerte unheimlich, als würde es von unsichtbaren Händen genährt. Ágnes und Gábor wussten: Diese Nacht würde lang und gefährlich werden.

Der Kessel war mehr als nur ein Gefäß – er war ein lebendes, atmendes Rätsel, das Antworten forderte, aber auch seine eigenen Spielregeln hatte.

„Und so wie es aussieht", murmelte Ágnes mit einem bitteren Lächeln, „ist das hier erst der Anfang eines weiteren Chaos' in unserer geliebten Baranya."

KAPITEL 16: DIE SPUR DER SCHNAPSKRÜMEL

(Karoly entdeckt ein Muster in den Verschwinden.)

Der Morgen über der Baranya war trügerisch ruhig.

Nebelschleier legten sich sanft über die Reben und verwischten die Grenzen zwischen Erde und Himmel, als hätte die Welt beschlossen, sich ein wenig zu verstecken – vor den neugierigen Blicken und unheilvollen Geschichten, die in den letzten Tagen wie ein Sturm über die Dörfer gezogen waren.

Doch für Ágnes war Ruhe selten ein Zeichen von Frieden. Nein, heute roch es eher nach Ärger, nach einem Rätsel, das sich in dünnen Spuren versteckte, die nur darauf warteten, entdeckt zu werden.

„Schnapskrümel", murmelte Ágnes und beugte sich über die Bodenfuge vor der alten Holzschwelle des Dorfwirtshauses. Ein winziger, goldener Fleck lag dort wie ein kostbares Geheimnis, verloren und vergessen. „So winzig und doch so verräterisch."

Gábor zog die Stirn kraus. „Wer hätte gedacht, dass man im Jahr 2025 noch Spuren aus dem Alkohol finden kann? Und dann auch noch Krümel? Man lernt nie aus." Er schnappte sich die Lupe aus der Tasche, die er selten benutzte, aber für diesen Fall war sie unverzichtbar.

Karoly, der Rabe, saß missgelaunt auf einem Dachfirst, den Kopf schief gelegt und die schwarzen Augen voller spöttischer Neugier. „Krümel, Schnapskrümel, ich hoffe, ihr seid wenigstens lecker", krächzte er und flog dann mit einem eleganten Satz auf den nächsten Baum.

„Oder ich schnapp mir einen und mach meinen eigenen Schnaps draus. Hah, das wäre was!"

Ágnes zog die Stirn in Falten und trat in das Wirtshaus.

Die Luft war dick und süßlich vom Geruch des angebrannten Krauts, das auf dem Herd stand.

Drinnen war es warm, fast zu warm für die Jahreszeit, als hätte jemand den Ofen absichtlich überheizt, um die Sinne zu vernebeln – oder vielleicht um etwas zu verstecken.

„Hier irgendwo muss die Spur langgehen", sagte Ágnes laut, während sie den staubigen Holztisch absuchte, auf dem weitere winzige, goldene Krümel verstreut lagen.

„Diese Krümel sind keine gewöhnlichen Reste. Sie sind magisch."

Gábor nickte. „Magisch oder nicht, sie führen uns zu einem Muster, einem Hinweis.

Irgendwo hier hat jemand versucht, den Pálinka zu stehlen oder zu manipulieren – und hat dabei Spuren hinterlassen."

Die Tür zum Wirtshaus öffnete sich mit einem lauten Knarren. Joschi, der Wirt aus Debrecen, stapfte herein, die Stirn in Sorgenfalten gelegt, den Mund halb geöffnet, als wolle er etwas Wichtiges sagen. „Ihr müsst mir helfen", begann er, doch Ágnes hob die Hand.

„Langsam, Joschi. Wir haben gerade erst angefangen, das Muster zu lesen. Was ist passiert?" Ihre Stimme war fest, aber nicht unfreundlich.

Joschi seufzte und setzte sich an den Tisch. „Die Vorräte verschwinden nicht nur bei mir.

Überall in Debrecen fehlen Fässer, Krüge, sogar einzelne Tropfen Pálinka scheinen spurlos zu verschwinden.

Und jetzt das hier." Er zeigte auf die Krümel, die Ágnes und Gábor untersuchten.

Karoly hüpfte auf den Tisch und scharrte genüsslich in den Krümeln. „Na, das ist ja ein Festmahl!

Wenn ich so ein paar Tropfen abbekomme, verspreche ich, ich erzähl euch eine Geschichte, die selbst die Gänsehaut kriegen wird."

„Geschichten können wir später hören", knurrte Ágnes und rückte eine alte Landkarte auf dem Tisch zurecht, auf der Dörfer, Wege und geheimnisvolle Markierungen eingezeichnet waren. „Erst die Arbeit."

Stunden vergingen, während sie die Krümel unter die Lupe nahmen, versuchten, ihre Herkunft zu bestimmen.

Der Geruch war süß, fast berauschend, aber mit einer Note, die alle instinktiv mieden – wie der Geschmack von Gefahr, der sich an die Zunge heftete.

Plötzlich klapperte es wieder. Die Störche kehrten zurück, sendeten ihre Morsezeichen durch die Luft.

Die Nachricht war unverständlich, verworren, doch in ihrem Rhythmus lag eine Warnung – eine drohende Warnung.

Ágnes sah zu Gábor, und beide wussten, dass es kein Zufall war. „Die Störche kommunizieren wieder.

Das Netz ist lebendig, und es warnt uns vor etwas Größerem."

„Etwas, das sich im Schatten verbirgt", murmelte Gábor.

In diesem Moment hüpfte Tibor der sprechende Frosch, den sie im Wald bei Baja kennengelernt hatten, herein – begleitet von einem leichten Quaken.

„Ich wollte nur sagen, dass ich immer noch keine Wolke schmecken durfte", jammerte er und sah dabei so kläglich aus, dass selbst Karoly einen Moment lang innehielt.

„Du bist wirklich ein Pechvogel", sagte Ágnes und lachte leise. „Aber wir haben gerade keine Zeit für Wolkenkostproben, mein Freund."

Der Frosch quakte enttäuscht, sprang auf den Tisch und drückte seine feuchte Schnauze an die Krümel.

„Vielleicht ist das hier mein Schicksal – immer in der Nähe von Schnaps, aber nie ein Schlückchen zu kriegen."

Gábor schüttelte den Kopf. „Vielleicht bist du der einzige hier, der nüchtern genug ist, um uns den richtigen Weg zu zeigen."

Die Stunden wurden länger, und die Schatten in der Stube wuchsen. Draußen begann es zu dämmern, und die Nebel krochen tiefer ins Dorf.

Doch Ágnes und ihre Begleiter fanden immer mehr Hinweise: winzige, magische Schnipsel, die sich auf geheimnisvolle Weise miteinander verbanden, wie Spuren einer unsichtbaren Hand, die hinter dem Verschwinden der Pálinka steckte.

„Es gibt eine Muster", sagte Ágnes, ihre Stimme fest und bestimmt.

„Die Krümel führen nicht nur zu einem Ort – sie führen zu einem Geheimnis, das tief in die Geschichte unserer Dörfer eingebettet ist.

Ein Geheimnis, das wir lüften müssen, bevor der letzte Tropfen Pálinka verschwindet."

Karoly krächzte zustimmend. „Und ich wette, es ist kein freundliches Geheimnis. Wahrscheinlich etwas, das uns alle noch gehörig in Schwierigkeiten bringt."

Als die Nacht hereinbrach, lagen sie um den Tisch, umgeben von alten Karten, mysteriösen Krümeln und dem stetigen Morseklappern der Funkstörche, die wie ein unsichtbares Netz über Baranya wachten.

Der Kessel von Báta war nur eine Station auf ihrer Reise, aber die Spur der Schnapskrümel würde sie noch viel tiefer führen – hinein in ein Abenteuer, das mehr als nur ihre Vorstellungskraft sprengen würde.

„Also gut", sagte Ágnes und warf einen letzten Blick auf die funkelnden Spuren. „Morgen geht die Suche weiter. Und ich hoffe, dass wir dann nicht nur Antworten finden, sondern auch das Herz dieses Ganzen."

Karoly schnaubte. „Oder wir landen im nächsten Fass. Und das, mein Freund, ist kein Platz für Schönwetter-Schnaps."

KAPITEL 17: DAS FEST DER VERDAMMTEN

(Ein Ritualfest der Tünde – unsere Helden geraten hinein.

Die Nacht hatte sich wie ein schwarzer Samtvorhang über das Dorf Olasz gelegt. Der Vollmond stand hoch am Himmel, sein silbernes Licht spiegelte sich auf den alten Steinhäusern, deren Fenster geheimnisvoll flackerten, als hätten sie eigene Gedanken und Geschichten.

Agnes schritt mit festem Schritt und ihrem treuen Besen in der Hand die staubige Dorfstraße entlang. Es war die Nacht des Festes der Verdammten – ein Ritual tief verwurzelt in den vergessenen Legenden der Baranya, ein Abend voller Magie, Geheimnisse und uralter Mächte.

Doch etwas lag anders in der Luft. Ein eigentümliches Flüstern schlich durch die Gassen, getragen vom Wind, der sanft durch die nahegelegenen Heidelbeerhecken strich.

Der Wald, der das Dorf schützend umarmte, begann plötzlich zu singen – ein leises, klagendes Lied, das sich wie ein Nebel durch die Zweige wand.

Die alten Geschichten erzählten davon, dass die Heidelbeeren selbst manchmal zu singen begannen, doch selten hatte ihr Gesang eine solche Tiefe und Eindringlichkeit besessen, als wolle der Wald selbst eine Botschaft verkünden.

Auf einem knorrigen Ast nahe des Waldrands saß Karoly, der schwarze Rabe mit seinem spitzen Schnabel und den funkelnden, wachsamen Augen. Sein Blick war ernst, fast finster. „Wald singt?", krächzte er trocken, „wahrscheinlich haben die Heidelbeeren wieder zu viel Waldzauber geschnappt."

Plötzlich sprang ein kleines, lebhaftes Eichhörnchen aus dem Unterholz hervor. Es zappelte hektisch mit dem buschigen Schwanz und sah Karoly mit besorgten Augen an. „Karoly, ich finde keine Ruhe! Der Wald singt so laut, dass sogar die Blätter aufgehört haben, im Wind zu tanzen. Ich muss diese Nacht überstehen, sonst vergesse ich, wie man richtig schläft!"

Karoly neigte den Kopf und funkelte das kleine Wesen mit seinen schwarzen Augen an. „Na schön, du nerviges Nüsschen. Komm her, ich kenne eine Methode, die dich wieder runterholt. Eine Partie Schach. Sieben Züge lang. Nicht mehr, nicht weniger."

Das Eichhörnchen hüpfte zögerlich auf einen moosbedeckten Stein. Karoly breitete zwischen ihnen ein winziges Schachbrett aus, gefertigt aus alten, vergilbten Walnussschalenstücken, die er mit geschickten Schnäbeln aus einem verlassenen Nest hervorgezaubert hatte.

Die Partie begann, und während die kleinen Figuren über das Brett wanderten, erfüllte sich die Luft plötzlich mit einem süßen, warmen Duft von brauner Tinte, die aus einem halb versteckten, alten Tintenfass neben Karoly aufstieg.

Der Duft war schokoladig und verlockend, wie ein vergessenes Geheimnis aus längst vergangenen Tagen, als die Magie noch mit jedem Atemzug spürbar gewesen war.

Mit jedem Zug wurden die Augen des kleinen Eichhörnchens schwerer. Beim siebten Zug gähnte es leise, lehnte sich an Karolys weiche Feder, und der Rabe grinste schief. „Siehst du, mein Nüsschen?

Ein bisschen Schach, ein bisschen Tinte, und schon schläft selbst das hibbeligste Nüsschen ein."

Währenddessen glitten die Tünde, jene geheimnisvollen Wasserwesen des Flusses, in ihren schimmernden Gewändern
sanft durch die verworrenen Wasserarme, die das Dorf wie
silberne Bänder durchzogen.

Anders als manche Legenden behaupteten, tanzten sie nicht
an Land, sondern ließen ihre Magie dort lebendig werden, wo
Wasser und Mondlicht sich berührten. Ihr Gesang klang wie
das sanfte Plätschern von Wellen, und ihr feines Lachen
mischte sich mit dem Rascheln der Blätter, das die Nacht
erfüllte.

Plötzlich riss ein Klappern die stille Nacht auf – die Störche,
die über dem Dorf kreisten, sendeten ihre Morsezeichen. Ihre
Schnäbel klapperten wie alte Funkgeräte, deren Botschaften
durch die kühle Luft schnitten wie spitze Pfeile.

Agnes lauschte aufmerksam, denn die Störche waren bekannt
dafür, oft die ersten Vorboten der Wahrheit hinter den geheimnisvollen Ereignissen zu sein.

Das Fest der Verdammten war mehr als nur eine harmlose
Zusammenkunft. Unter den Feiernden bewegte sich ein Schatten – ein Kiszások mit kalten, stechenden Augen, dessen
dunkle Präsenz die Stimmung unmerklich, aber spürbar ver-
düsterte. Agnes spürte, wie sich die Luft um ihn herum ver-
dichtete, als wüsste er mehr, als er preisgab.

Sie wusste: Diese Nacht würde gefährlicher werden, als es die
alten Legenden je vorhergesehen hatten. Und irgendwo im
Herzen des Waldes, zwischen singenden Heidelbeeren und
flüsternden Schatten, warteten Geheimnisse, die bereit waren,
sich zu entfalten.

KAPITEL 18: DER LIEBESVERTRAG

(Der Ursprung der Krise: Ein Kiszások hat eine Tünde betrogen.)

Es war nicht das erste Mal, dass eine Tünde sich verliebte. Aber es war das erste Mal, dass sie dabei an Papier gebunden wurde.

Der Fluss träumte still vor sich hin. Nebel kräuselte sich über dem Wasser wie feines Seidentuch, und zwischen den silbernen Schleiern glitten die Tünde dahin – mit leuchtenden Augen und traurigen Mündern. Ihre Bewegungen waren langsamer geworden, ihre Kleider trugen Schleifen aus welkendem Schilf. Etwas war zerbrochen.

Ágnes stand am Ufer, die Hände in die Hüften gestemmt, den Blick streng auf die dunkle Wasseroberfläche gerichtet. Neben ihr schob Gábor nervös seinen Hut von einer Hand in die andere, während Karoly auf einem Ast über ihnen kauerte, den Kopf tief in die Federn gezogen. „Ich sag's euch", murmelte der Rabe, „das stinkt nach gebrochenem Schwur."

„Das war kein Schwur", entgegnete Ágnes trocken. „Das war ein Vertrag. Ein Liebesvertrag. Und das ist noch viel schlimmer."

Der Schuldige war rasch ermittelt worden: ein Kiszások, einer jener weinseligen Grenzgeister mit zu viel Selbstvertrauen und zu wenig Verantwortungsbewusstsein.

Er hatte eine der Tünde – ein leises, helläugiges Wesen namens Luma – mit süßen Worten, einer Flasche selbstgepresstem Pflaumenbrand und einem Bündel getrockneter Melissenblätter bezirzt. Doch was als nächtliche Schwärmerei begann, endete in einem unterschriebenen Dokument. Mit Tinte, Siegel und Versprechen.

Gábor hatte es mit eigenen Augen gesehen. „Er hat's wie einen Heiratsvertrag aufgesetzt. ‚Ich gelobe, dir treu zu sein, bis der Pálinka versiegt.' Wortwörtlich. Ich hab's gelesen."

Ágnes schnaubte. „Und der Pálinka ist versiegt. Natürlich ist er das. Symbolisch und tatsächlich. Das ist keine Liebe, das ist Vertragsbruch."

Luma war verschwunden, seit der Kiszások sich aus dem Staub gemacht hatte. Die anderen Tünde hatten ihr Haar mit schwarzen Algen geschmückt – Zeichen der Trauer. Eine von ihnen, eine alte Wasserfrau mit blasser Haut und einem Kranz aus Muscheln, trat nun an Ágnes heran. Ihre Stimme war kaum lauter als das Plätschern der Wellen:

„Sie hat an ihn geglaubt. Sie hat ihr Herz an einen Vertrag gebunden. Das Wasser kennt solche Fesseln nicht. Aber wir spüren ihren Schmerz wie Kiesel im Strom."

„Was verlangt ihr?" fragte Ágnes ruhig.

„Wir verlangen Wiedergutmachung. Und wir verlangen…", sie zögerte, „…dass das Versprechen entweder erfüllt – oder gelöst wird."

Karoly hüpfte ein Stück näher. „Also, ihr wollt einen Liebesjuristen? Oder einen rituellen Eheberater?"

„Wir wollen Gerechtigkeit."

„Das ist schlimmer", krächzte der Rabe.

Ágnes entschied: Um den Vertrag zu lösen, mussten sie die Bedingungen verstehen. Also führte Gábor sie in die Hütte eines gewissen Pista Horváth – Notar im Ruhestand, Spezialist für „Herzensangelegenheiten" und laut eigenen Angaben der Erfinder des „rechtsverbindlichen Flirtens".

Pista lebte in einem windschiefen Haus nahe dem Friedhof, wo die Rosen nach Wein rochen und die Haustürklingel in Moll summte. Er öffnete in einem nach Lavendel duftenden Morgenmantel, die Haare zerzaust, ein Monokel auf dem linken Auge.

„Ein Liebesvertrag, sagt ihr?" Er zwinkerte. „Ach, die romantischen Dummheiten der Halbwesen! Kommt rein, kommt rein. Ich mach euch Kamillenwein."

„Keinen Alkohol", brummte Ágnes.

„Dann trink ihn für die Idee", lächelte Pista.

Er legte das vergilbte Dokument auf den Tisch, strich es glatt und las es laut vor. Jeder Satz war durchwirkt von schwülstigen Versprechen, floralen Metaphern und gelegentlichen juristischen Fußnoten.

„Das ist Handwerk", murmelte Gábor beeindruckt.

„Das ist Unfug", entgegnete Ágnes. „Wie hebt man so etwas auf?"

Pista seufzte. „Mit einer Gegenhandlung. Symbolisch, elegant – aber gültig. Eine goldene Ente könnte helfen."

Karoly verdrehte die Augen. „Was soll das sein? Eine Märchenfigur auf Vertragsauflösungstour?"

„Nein. Eine Sagengestalt. Alt, klug, gierig. Sie kann Wünsche erfüllen – gegen Bezahlung."

Ágnes nickte. „Dann suchen wir sie."

„Aber sie lebt nicht hier", sagte Pista langsam. „Sie lebt hinter der Zeit."

„Klingt nach einem Spaziergang", brummte Gábor.
Karoly krächzte leise. „Oder nach einer Falle."

In der Nacht, als der Mond wieder über den stillen Fluss wanderte, sangen die Tünde ein Lied aus vergessenen Jahrhunderten.
Ein Lied von verlorener Liebe und gebrochenen Versprechen.
Und irgendwo, im dichten Nebel am Ufer, antwortete eine Stimme – warm, weich, seltsam glänzend:

> „Wenn der Pálinka versiegt,
>
> und das Wort sich nicht mehr biegt,
>
> komm zur Ente, golden, alt –
>
> sie verlangt den höchsten Halt."

Die Suche hatte begonnen. Und noch ahnte niemand, welchen Preis die Liebe fordern würde.

KAPITEL 19: DIE GOLDENE ENTE

(Eine alte Sagengestalt bietet Hilfe – gegen Bezahlung.)

Der Morgen graute wie eine schiefe Geige – nicht besonders schön, aber immerhin deutlich. Nebelschwaden krochen über die Felder wie vergessene Gespenster vergangener Schnapsnächte, und der Ort Bóly erwachte mit dem leisen Knirschen müder Hühnerpfoten und dem hartnäckigen Quietschen eines rostigen Wetterhahns auf dem Dach der alten Schmiede.

Gábor trat aus der Tür von Ágnes' Haus, in einen Tag, der von Anfang an irgendwie zu wissen schien, dass er sich nicht an Regeln halten würde. Die Luft roch nach feuchter Erde und Erwartung.

Ágnes stand bereits mit verschränkten Armen im Hof, den Besen wie ein Zepter unter dem Arm, und Karoly saß auf der alten Bank, schnabelpolierend und grimmig vor sich hin murmelnd.

„Sie rühren sich wieder, die alten Geschichten", sagte Ágnes tonlos. „Und sie wollen gehört werden."

„Oder bezahlt werden", krächzte Karoly. „Ich habe in der Nacht ein Klappern gehört, das war kein Storch – das war metallisch. Wie von Goldfedern." Er legte den Kopf schief. „Ich glaube, sie kommt."

„Wer?", fragte Gábor und zog sich die Jacke enger. „Ich hoffe, es ist nicht wieder die nörgelnde Zahnfee vom Dorfplatz."

Ágnes schüttelte den Kopf. „Die goldene Ente."

Ein seltsames Schweigen senkte sich über den Hof. Selbst der Wind hielt inne, als hätte er vergessen, wie man atmet.

Dann – ein Platschen. Aus dem alten Dorfbrunnen stieg etwas Glänzendes empor. Kein Wasserspiegel spiegelte da, sondern ein glänzendes, fedriges Etwas, das sich emporhob wie eine Erscheinung aus einem Traum. Oder einem besonders seltsamen Trunkenheitsdelirium.

„Na endlich", sagte die Ente. Ihre Stimme war kratzig, aber von königlicher Selbstgewissheit. Ihre Federn schimmerten in flüssigem Gold, und bei jedem Schritt hinterließ sie kleine Spuren aus Schimmer und Glanz. „Ihr habt mich gerufen, und hier bin ich. Ich nehme an, ihr wollt etwas."

Ágnes trat näher, verbeugte sich nicht, aber ihr Ton wurde respektvoll. „Wir suchen Antworten. Der Pálinka ist fort, das Gleichgewicht gestört. Und das Fest der Verdammten – es war nur der Anfang."

Die Ente watschelte mit erstaunlicher Würde im Kreis. „Ich weiß. Ich weiß vieles. Aber ich gebe nichts umsonst."

„Was willst du?" Gábor beäugte sie misstrauisch. „Gold hast du selbst genug."

„Nicht Gold", sagte die Ente und blieb stehen. „Ich verlange eine Geschichte. Eine einzige, wahre, tiefe Geschichte. Von Schmerz und Sehnsucht. Von dem, was verloren ging und nie zurückkam. Erzählt mit Herzblut, nicht mit Schnaps."

Karoly krächzte leise. „Ich kenne eine Geschichte. Eine, die tief sitzt."

Doch Ágnes hob die Hand. „Nicht jetzt. Wenn sie etwas hören will, dann bekommt sie es – aber nicht als Tausch, sondern als Versprechen. Hilf uns, Ente, und du wirst die Geschichte hören, wenn der Mond wieder über dem Zengö steht."

Die goldene Ente sah sie lange an. Dann nickte sie langsam.

„Gut. Dann lauscht: Im tiefsten Winkel des Weinkellers unter dem Haus der alten Frieda liegt eine Flasche. Keine gewöhnliche. Sie wurde einst von einer Tünde und einem Menschen gemeinsam erschaffen – mit Wasser vom Fluss der Erinnerung und Traubensaft aus dem Weinberg, der nie verdorrt. Diese Flasche birgt Wahrheit. Wer sie trinkt, sieht nicht die Welt, wie sie ist – sondern wie sie war. Und wie sie geworden ist."

„Die Wahrheit in der Flasche", flüsterte Gábor. „Wir haben sie gehört in den Legenden."

„Dann findet sie", sagte die Ente. „Aber beeilt euch. Die Vergangenheit ist ungeduldig. Und sie beginnt bereits zu gären."

Sie verneigte sich leicht – und verschwand mit einem feinen Glitzern im Brunnen, als hätte sie sich nie aus ihm erhoben. Nur ein goldener Federflaum blieb zurück, zitternd im Morgenlicht.

Ágnes hob ihn auf und steckte ihn sich hinter das Ohr. „Dann wissen wir, wohin wir müssen."

Karoly krächzte. „Frieda. Ich hasse den Geruch von altem Keller."

Gábor seufzte. „Und ich hasse es, wenn die Wahrheit so schwer zu verdauen ist wie kalter Gänsebraten."

Aber sie machten sich auf den Weg.

Denn in einem Dorf, in dem die Enten goldene Federn haben und der Schnaps Geschichten erzählt, beginnt die Wahrheit oft da, wo die Lüge am süßesten schmeckt.

KAPITEL 20: DIE WAHRHEIT IN DER FLA-SCHE

(Ein Trank zeigt Erinnerungen – und die ganze Geschichte.)

Es war einer dieser bleichen Morgen, an denen selbst der Tau auf den Blättern zu flüstern schien. Das Städtchen Bóly lag noch im Zwielicht, als Ágnes das hölzerne Fensterlädchen ihrer kleinen Stube aufstieß. Der Wind trug einen Hauch von gärender Traube, aber kein bisschen von jenem kräftigen, verheißungsvollen Duft, der sonst durch die Gassen zog, wenn die Brennkessel dampften. Es roch nach Sehnsucht, nach Vergangenheit – und nach einer Wahrheit, die bereit war, sich endlich zu zeigen.

„Es ist Zeit", murmelte Ágnes und griff zum Besen. Er stand wie immer bereit, wartend, stumm und dennoch voller Eigenleben, als würde er schon wissen, wohin die Reise führte.

„Du meinst für das Fläschchen, das in Gábors Schublade schläft?", krächzte Karoly von der Fensterbank. Der Rabe hatte die Nacht durch mit offenen Augen verbracht – er konnte nicht schlafen, seit die goldene Ente verschwunden war. Ihre letzten Worte hallten noch immer in seinem Kopf: „Die Wahrheit ist gebrannt, nicht geboren."

Gábor trat aus dem Schatten der Tür. In der Hand hielt er das kleine, bernsteinfarbene Fläschchen, dessen Inhalt bei jeder Bewegung geheimnisvoll aufleuchtete – mal honigfarben, mal tiefrot wie flüssige Glut. „Ich wollte es behalten, falls..." Er sprach den Satz nicht zu Ende. Niemand hätte erwartet, dass gerade er zögern würde, aber etwas an diesem Trank war anders.

„Du hast ihn von der Ente bekommen, nicht wahr?" Ágnes streichelte ihm kurz über den Ärmel. „Sie hat nie etwas gegeben, ohne einen Preis."

„Sie sagte, wer trinkt, wird sehen – aber nicht unbedingt das, was er sehen will."

Der Tisch in Ágnes' Küche war gedeckt mit Brot, Ziegenkäse und einem Teller voll eingelegter Paprika. Doch im Mittelpunkt stand das kleine Fläschchen, sorgsam gebettet auf einem geflochtenen Untersetzer aus Roggenstroh. Drei kleine, mit Emaille umfasste Schnapsgläschen standen davor, bereit.

„Ein Schluck pro Seele, kein Tropfen mehr", sagte Ágnes. „Der Rest bleibt verschlossen. Wenn wir zu viel wissen, vergessen wir, was wir fühlen."

Karoly ließ sich auf die Stuhllehne nieder. „Ich hab einen Magen. Zählt das als Seele?"

Niemand antwortete. Ágnes goss schweigend ein – drei Tropfen, einer nach dem anderen.

Sie tranken gleichzeitig.

Zuerst war da Wärme – ein bittersüßes Brennen im Hals, das bis in die Fingerspitzen stieg. Dann Dunkelheit. Dann: Stimmen. Alte, neue, flüsternde. Bilder schossen durch ihre Gedanken, wie Mosaiksplitter in einem Kaleidoskop:

Gábor sah sich selbst – jung, lachend, betrunken vor Glück am Flussufer mit einer Gestalt, deren Umrisse flirrten wie Hitze über Asphalt. Die Tünde. Ihre Haare wie fließendes Wasser, ihr Lachen ein Versprechen.

Ágnes sah eine andere Zeit – ein geheimes Treffen in einem Weinkeller, wo ein Kiszások, mit glasigen Augen und einem schiefen Lächeln, einem Tünde-Mädchen einen goldenen Ring überreichte. „Für immer, sagte er." Doch schon im nächsten Bild war er fort – und der Ring lag auf dem Grund eines Brunnens, verrostet, vergessen.

Karoly sah – nichts. Und dann, wie durch eine Ritze im Nebel, etwas Ungeheuerliches: ein Kreis aus Schatten, Rabenfedern, tanzende Flammen. Und in der Mitte eine Stimme: „Der Trank ist nur ein Anfang. Die Wahrheit liegt tiefer."

Sie kamen langsam zu sich – als hätte jemand ihre Erinnerungen gelüftet wie Bettdecken nach einem langen Winter.

„Er hat sie wirklich geliebt", murmelte Gábor, ohne jemanden anzusehen.

„Aber er ist gegangen. Und er hat sie vergessen", ergänzte Ágnes leise.

Karoly flatterte auf den Tisch, seine Krallen klickten leise auf dem Holz. „Und was machen wir mit dieser Wahrheit? In Flaschen passt sie nicht mehr."

Sie verließen das Haus, als die Sonne sich durch die letzten Nebelschwaden kämpfte. Im Licht wirkten die Häuser von Bóly älter, stiller – als hörten auch sie zu.

Ágnes blieb hinter der Schwelle stehen. „Wir müssen zur Quelle. Zur Wurzel. Dahin, wo der Pálinka einst begonnen hat."

„Zum ersten Fass?", fragte Gábor. „Aber das liegt doch—"

„Genau. Unter der Weinstraße von Szatmár. Zwischen den sieben Siegeln." Ágnes drehte sich langsam um. „Wir gehen dorthin. Aber vorher müssen wir Abschied nehmen."

„Wovon?", fragte Karoly, aber er wusste die Antwort, noch ehe sie fiel.

„Von der Lüge. Und vom alten Leben."

Und während die drei sich vorbereiteten, leerte sich im Verborgenen das bernsteinfarbene Fläschchen wie von selbst. Ein letzter Tropfen rann über das Emailleglas – und verdampfte in der Luft, als sei er nie da gewesen.

Doch wer genau hinhörte, hörte ein leises Flüstern, ganz am Rand der Wirklichkeit:

„Alles, was war, lebt weiter. In jedem Tropfen Wahrheit."

TEIL IV –

RÜCKSCHLAG & ENTSCHEIDUNG

KAPITEL 21: DIE TRAUBE WEINT NICHT UMSONST

(Rückschlag & Entscheidung)

Der Wind kam aus dem Süden und roch nach Erde, Holz und einem Hauch von Abschied. Er strich durch die Weinberge der Baranya, als wolle er die Reben trösten, die dort in Reih und Glied standen – kraftlos, welk, fast reglos. Wo sonst das leise Klirren von Gläsern und das Murmeln der Gärung die Hügel erfüllten, herrschte Stille. Nur ein einzelner Tropfen rann über die Schale einer überreifen Traube, als würde sie selbst weinen.

„Sie bluten", sagte Ágnes leise und trat zwischen die Ranken. Der Boden war trocken, doch in der Luft lag Feuchtigkeit, als hätte der Weinberg selbst das Weinen übernommen. „Sie weinen nicht, weil sie sterben. Sie weinen, weil sie vergessen wurden."

Gábor, der neben ihr stand, kratzte sich am Bart und betrachtete die verdorrten Blätter. „Du meinst, sie vermissen den Pálinka?"

Ágnes nickte. „Oh, sie vermissen nicht nur den Schnaps. Sie vermissen das, was er bedeutet: Erinnerung. Verbindung. Geschichte."

Der Pálinka war mehr als ein Getränk. In der Baranya war er das Gedächtnis der Landschaft, ein Elixier aus Früchten, Zeit und Seele. Und nun, da er verschwunden war – mitgenommen oder vernichtet, wie es hieß – begann nicht nur das Land zu sterben. Die Menschen vergaßen.

Die Tiere wurden unruhig. Die Lieder klangen falsch. Die Zeit selbst schien sich zu verziehen wie ein schlechtes Foto.

Karoly landete auf einem Pfahl und starrte mit gerunzelter Stirn in den Nebel, der sich über die Felder senkte.

„Ich habe gestern mit einem alten Maulwurf gesprochen", krächzte er. „Er sagt, die Wurzeln reden nicht mehr miteinander.

Früher war da ein Brummen unter der Erde. Jetzt – Stille."

„Auch die Kräuter ziehen sich zurück", ergänzte Ágnes. „Meine Minze im Garten hat die Blätter eingerollt. Als hätte sie Angst, zu riechen."

Die Lage war ernst. Der Verlust des Pálinka war kein einfacher Diebstahl – es war eine Wunde in der magischen Struktur der Baranya.

Die Reben, von jeher lebendig und voller Erinnerung, vergaßen ihre Geschichte. Alte Sorten wurden unkenntlich, Veredelungen verloren ihre Kraft. Ein ganzer Jahrgang war dem Vergessen anheimgefallen.

Doch das Schlimmste war: Die Reben sangen nicht mehr.

Es war ein uraltes Geheimnis gewesen – nur wenige wussten davon. Die ältesten Rebstöcke, wenn sie in der Sommerhitze genug Mondlicht getrunken hatten, stimmten in der Dämmerung einen Summgesang an.

Kein Mensch konnte ihn hören, aber die Tiere spürten ihn. Die Erde vibrierte leicht. Man sagte, die Reben stimmten sich auf das kommende Jahr ein – oder gaben ihre Träume weiter.

Jetzt war es still.

Ágnes beugte sich hinab, fuhr mit den Fingern über die aufgesprungene Haut einer Traube und schloss die Augen.

„Sie sind noch da", murmelte sie. „Aber sie verstecken sich. Sie trauen sich nicht zu hoffen."

Gábor holte eine Flasche aus seinem Rucksack. Ein Überbleibsel – vielleicht der letzte Schluck eines alten Jahrgangs. „Sollen wir's riskieren?"

Ágnes nickte. „Nicht trinken. Gießen."

Sie tröpfelten den Pálinka über die Wurzeln einer alten Rebe. Der Duft breitete sich aus – Marille, Erde, ein Hauch von Rauch und Erinnerung.

Für einen kurzen Moment war es, als würde der Boden selbst aufatmen.

Und dann – ein Laut.

Ein Summen, kaum hörbar. Ein einziger Ton. Traurig. Hoffend. Lebendig.

Karoly krächzte. „Habt ihr das...?"

Ágnes hob den Finger. „Psst. Lass sie weinen. Vielleicht ist es der Anfang von etwas."

Doch sie wussten: Diese kleine Geste war nur der erste Ton einer Melodie, die noch lange nicht verklungen war.

Die Baranya hatte ihnen ihre Hoffnung anvertraut – in Liedern, in Tropfen, in den Herzen ihrer sonderbaren Bewohner.

Und wenn es ihnen gelingen sollte, das zerbrochene Gleichgewicht wiederherzustellen, dann vielleicht – ganz vielleicht – würde man eines Tages wieder von einem Land erzählen, in dem selbst der Wind Geschichten sang und der Schnaps zu träumen begann.

Doch tief unter der Erde, wo Licht nie hinkam und die Erinnerung wie Staub an den Wänden klebte, regte sich etwas.

In einem alten Keller unter dem Herrenhaus von Siklós warteten Flaschen. Still. Geduldig.
Sie flüsterten nicht. Noch nicht.
Aber sie horchten.

KAPITEL 22: AGNES, DER BESEN UND DAS GESETZ

(Agnes greift durch – mit Strenge und List.)

Der Morgen über Bóly brach mit einem bleiernen Grau an, als Ágnes ihren Besen schnappte und zielstrebig zur Dorfschmiede ging. Die Luft roch nach feuchtem Holz und schwelendem Kohlenstaub, und vom Fluss her waberte ein kühler Nebel, der die Bäume in gespenstische Silhouetten hüllte.

Heute würde kein Zauber und keine List ausbleiben – das Gesetz musste in dieses Dorf zurückkehren.

Ágnes wusste, dass der Kiszások, der das Fest der Verdammten überschattet hatte, nicht einfach so gehen würde. Er hatte Grenzen überschritten, und nun lag es an ihr, die Ordnung wiederherzustellen.

Doch Gesetze waren hier keine bloßen Paragraphen aus staubigen Büchern, sondern lebendige Regeln, die mit Magie und Tradition verwoben waren.

Vor der Schmiede versammelten sich die Dörfler, die die Ereignisse der letzten Tage mit Sorge beobachtet hatten. Ihre Blicke waren eine Mischung aus Hoffnung und Angst.

Ágnes hob den Besen, dessen Stiel im Morgenlicht glänzte, und sprach mit fester Stimme: „Heute endet das Chaos. Wer die Gemeinschaft verletzt, der wird sich vor dem Rat verantworten müssen.

Wir haben alte Gesetze, die auch heute noch gelten."

Während sie sprach, klopfte der Besen leicht auf den Boden, und kleine Funken stoben hervor – eine stille Drohung und ein Versprechen zugleich.

Ágnes' Augen blitzten entschlossen, als sie weiter erklärte, wie die Gesetze des Dorfes im Einklang mit der Natur, den Tünden und Kiszások stünden – Wesen, die ihre Macht nur innerhalb der Grenzen dieser Regeln entfalten durften.

Sie kündigte an, dass der Schattenrat zusammenkommen würde, ein geheimes Gremium, das über Verstöße urteilt und im Notfall auch mit magischen Mitteln durchgreift. Doch bevor es so weit kam, sollten alle Beteiligten Gelegenheit bekommen, ihre Seite zu erzählen.

Ágnes ging von Person zu Person, sammelte Aussagen ein und ordnete sie mit scharfem Verstand.
Ihr Besen – mehr als nur ein Werkzeug – half ihr dabei, die Wahrheit sichtbar zu machen.
Wo Lügen und Täuschungen sich versteckten, wirbelte er kleine Staubwolken auf, die wie kleine Spiegel die versteckten Motive widerspiegelten.

Am Nachmittag stand fest, dass der Kiszások nicht nur die Tünde betrogen, sondern auch ein uraltes Bündnis gebrochen hatte. Die Gemeinschaft spürte die Folgen in jeder Pflanze, jedem Tropfen Wasser. Das Gleichgewicht war empfindlich gestört.

Doch Ágnes wusste, dass Härte allein nicht reichen würde. Mit List und einem Hauch alter Magie bereitete sie eine Zeremonie vor, die das Gleichgewicht wiederherstellen sollte.

Der Besen würde dabei eine zentrale Rolle spielen – als Symbol der Reinigung und als Werkzeug, das die Grenzen zwischen den Welten verwischt.

Als die Sonne unterging und das Dorf im warmen Licht der Abendröte erstrahlte, versammelten sich die Dorfbewohner um Ágnes. Auf dem kleinen Platz vor dem alten Brunnen war es still geworden. Kein Husten, kein Flüstern, nicht einmal das Klappern der Störche war mehr zu hören.

Mit einem kräftigen Schwung des Besens zeichnete Ágnes einen Kreis in die Luft, so alt wie das Dorf selbst.

Dann begann sie die uralten Worte zu sprechen, die das Gesetz erneuerten und den Kiszások mahnten, sich an die Regeln zu halten.

Ihre Stimme war fest, aber nicht hart – sie trug etwas von der Wärme in sich, die nur jene ausstrahlen, die viel verloren und dennoch nie aufgegeben haben.

„Wer mit dem Wind die Grenzen zieht,

wer Wasser stiehlt und Worte flieht,

wer Schatten sät in fremdem Land,

dem wird genommen, was er fand.

Doch wer bewahrt, wer Liedern dient,

wer bei der Rebe Einkehr nimmt,

dem sei vergeben, was geschah –

denn Baranya sieht mit Herz und Jahr.“

Mit jedem Vers lösten sich dunkle Schleier aus der Luft, als würden alte Lügen zerbröckeln wie mürbe Erde.

Das Kraut am Wegesrand hob die Köpfe, der Fluss schimmerte auf, und aus dem Funknetz der Störche klang ein leises, rhythmisches Klappern – als würden auch sie nicken.

Ein schwacher Wind fuhr durch die Gassen, nicht unheimlich, sondern tröstlich. Als wollte er sagen: „Ich hab's gehört."

In dieser Nacht fühlte man in Bóly zum ersten Mal seit langer Zeit wieder eine Ahnung von Frieden – keinen lauten, stolzen Frieden, sondern jenen leisen, der sich in Gesten zeigt: im Summen einer Biene, im Schweigen eines früher lauten Nachbarn, in einem Glas Wasser, das jemand reicht, ohne zu fragen.

Doch alle wussten, dass die wahre Prüfung noch bevorstand.

Denn tief unter den Reben, jenseits der alten Mauern von Siklós, gab es noch Flaschen, die nicht getrunken, nicht verschenkt und nicht vergessen worden waren.

Flaschen, die Geschichten kannten, die niemand hören wollte.

Flaschen, deren Korken sich zu wölben begannen.

Und in der Dunkelheit flüsterte etwas:

„Was ihr begrabt, bin ich.

Was ihr verdrängt, kehrt heim.

Denn Erinnerung gärt –

und Wahrheit hat einen eigenen

Geschmack. "

Und irgendwo in der Ferne, zwischen Nebel und Wind, schrie ein Storch. Nicht aus Angst.

Sondern weil er wusste: Die nächste Seite hatte sich gerade umgeblättert.

KAPITEL 23: KAROLY UND DER SCHATTEN-RAT

(Der Rabe wird zu einem geheimen Treffen eingeladen.)

Der Sonnenaufgang legte sich schwer und blutrot über Bóly , während der Himmel seine ersten Farben in das Land malte. Karoly saß hoch oben auf einem knorrigen Ast der alten Eiche, die am Rande des Dorfes stand.

Seine schwarzen Federn glänzten matt im ersten Licht, und seine scharfen, wachsamen Augen verfolgten jede Bewegung in der Ferne. Die Luft war still, doch der Rabe spürte das Flüstern der Magie, das durch die Blätter strich, wie ein leises Murmeln uralter Geheimnisse.

Plötzlich durchschnitt ein rhythmisches Klappern die Stille – die Störche waren da. Ihre Schnäbel öffneten und schlossen sich in einem vertrauten Muster, das Karoly wie eine Melodie verstand: Morsezeichen. Die weißen Vögel zogen ihre Kreise über dem Dorf, ihre langen Hälse reckten sich, als wollten sie den Himmel selbst zerschneiden, um ihre Botschaft zu senden.

„SCHAT-TEN-RAT... EIN-LA-DUNG... DRIN-GEND... VER-SAMM-LUNG..."

Die Worte klapperten scharf und klar durch die kühle Morgenluft. Karoly reckte den Hals, seine Flügel spannten sich. Er wusste, was dies bedeutete – eine Einladung zu einem geheimen Treffen, tief verborgen in den Schatten der Welt, wo Entscheidungen getroffen wurden, die das Schicksal von Bóly und der ganzen Baranya bestimmten.

Mit kräftigem Flügelschlag erhob sich der Rabe, ließ den Dorfplatz hinter sich und glitt über die nebelverhangenen Felder, vorbei an schlummernden Hütten und flüsternden Bäumen. Sein Ziel war die uralte Eiche im Herzen des Waldes – ein geheimnisvoller Ort, der längst mehr war als nur ein Baum. Dort trafen sich die Hüter des Gleichgewichts, der Schattenrat, dessen Mitglieder halb Mensch, halb Schatten waren, eine Brücke zwischen der sichtbaren Welt und der verborgenen Magie.

Als Karoly landete, empfing ihn eine gespenstische Stille. Die Äste der Eiche schwankten kaum im Wind, und aus der Dunkelheit traten Gestalten hervor – schlank, von einer Aura des Geheimnisvollen umgeben. Ihre Augen glühten wie Bernstein im Halbdunkel, und ihre Stimmen waren leise, aber bestimmend.

„Karoly," begrüßte ihn eine der Gestalten mit samtiger Stimme, „dein Ruf eilt dir voraus. Du bist hier, weil wir deine Augen brauchen. Die Zeichen sind klar: Der Kiszások hat die Tünde betrogen, und das Gleichgewicht ist ins Wanken geraten."

Karoly nickte und begann zu berichten. Von den singenden Heidelbeeren, deren Liebe zur Waldluft das Land erfüllte, vom unruhigen Fluss und den Tünde, deren Magie schwand. Er erzählte von Ágnes, die mit ihrem Besen und ihrem unbeugsamen Willen das Dorf zusammenhielt, und von dem schattenhaften Kiszások, dessen dunkle Taten die Ordnung bedrohten.

Während er sprach, schwebte ein sanfter Duft durch die Luft, eine Mischung aus feuchtem Moos, Harz und dem süßen Hauch von reifen Früchten. Die Schatten des Rates lauschten aufmerksam, nickten ab und zu, als wollten sie jeden Ton in sich aufnehmen, jedes Detail bewahren.

„Wir müssen handeln," sagte eine andere Gestalt mit einer Stimme, die wie das Rascheln von Pergament klang. „Aber nicht ohne Prüfung. Es ist Zeit, die sieben Siegel des Szatmár zu öffnen. Nur wer sie besteht, kann die Wunden heilen und den Frieden wiederherstellen."

Karoly fühlte die Schwere dieser Worte. Die Prüfungen waren legendär, kaum jemand hatte sie je überstanden. Doch es war die einzige Chance, die Ordnung im Land zu bewahren. Die Mitglieder des Schattenrats legten ihm Aufgaben auf, die kluges Denken, Mut und Herz erforderten – ein Spiegel der Seele.

Die Besprechung zog sich über den ganzen Tag bis tief in die Nacht. Zwischendurch klapperten die Störche erneut ihre Morsezeichen, diesmal geheimnisvoller, fast wie ein Code für Hoffnung und Wandel.
Karoly verstand, dass diese Botschaften den Beginn eines neuen Kapitels markierten – für ihn, für Ágnes, für das ganze Dorf.

Als der erste Hauch der Morgendämmerung die Schatten der Eiche vertrieb, schwang sich Karoly in die Luft. Er war nun mehr als nur ein Beobachter; er war ein Teil des großen Spiels, das die Mitternachtsonne über Bóly entschlüsseln wollte.

Mit einem letzten Blick zurück auf die schattigen Gestalten des Rats segelte er heimwärts, bereit, das Unbekannte anzunehmen.

KAPITEL 24: GÁBOR GEGEN DIE GEISTER VON SIKLÓS

(Gábor stellt sich seiner Vergangenheit – und einem alten Pakt.)

Der Morgen war grau und kühl, als Gábor den Pfad hinauf zur alten Burgruine von Siklós nahm. Nebelschwaden krochen zwischen den moosbewachsenen Steinen und hüllten die Szenerie in ein geheimnisvolles, fast unwirkliches Licht. Die Geister, von denen die Alten erzählten, sollten hier wohnen, gefangen in einem ewigen Bann, der nur durch den alten Pakt gehalten wurde.

Gábor spürte die Last der Geschichte auf seinen Schultern, die Verantwortung, die mit der Erinnerung an den Pakt einherging.

Sein Herz pochte unruhig, doch er ging unbeirrt weiter, Schritt für Schritt, bis die ersten Schatten sich regten und leise Stimmen durch die zerfallenen Mauern flüsterten.

„Du kommst, wie versprochen," hauchten sie, mehr Gefühl als Worte. „Wir haben lange gewartet, Gábor, Nachfahre des alten Bundes."

Die Geister von Siklós zeigten sich in verschiedenster Gestalt: halb durchscheinend, mit traurigen Augen und einer Ahnung von Zorn, der aus uralten Verletzungen stammte.

Sie erzählten von einem Kiszások, der eine Tünde betrogen hatte – ein Verrat am Pakt, der das Gleichgewicht bedrohte. Ein Verrat, der das Dorf und die Wälder in Dunkelheit stürzen konnte.

Gábor lauschte aufmerksam, spürte die Schwere der Vergangenheit, die auf den Schultern der Lebenden lastete. Doch er wusste auch: Es war nicht nur ihre Geschichte, sondern auch seine. Er musste handeln, den Bund erneuern, den Frieden zurückbringen.

Als er sich von den Geistern verabschiedete, spürte er, wie eine unsichtbare Last von ihm abfiel, aber auch eine neue Pflicht wuchs.

Die Geister hatten ihm das Vertrauen geschenkt – nun galt es, es zu bewahren.

Auf dem Rückweg durch den verblassenden Nebel traf er Ágnes und Karoly am Fuße des Burghügels. Die beiden sahen ihn mit besorgten und erwartungsvollen Blicken an.

„Gábor!" rief Ágnes erleichtert. „Wir haben uns Sorgen gemacht. Haben die Geister dich verschlungen?"

Gábor schüttelte den Kopf und schenkte ihr ein schwaches Lächeln. „Fast. Sie haben mir ihre Geschichte erzählt – mehr als eine Legende, eine Wahrheit, die schwer wiegt.

Ein alter Pakt wurde gebrochen, ein Kiszások hat eine Tünde betrogen.

Die Geister verlangen, dass das Gleichgewicht wiederhergestellt wird."

Karoly, der auf einem Ast saß und seine schwarzen Federn putzte, krächzte nachdenklich: „Und wie hast du ihnen das klargemacht?

Hast du mit Zauberei gesprochen oder dein Herz geöffnet?"

Gábor lachte leise. „Weder noch. Ich sprach die alten Worte des Paktes, die mein Großvater mir beibrachte.:

„Vor Blut und Stein, vor Fluch und Wein,

vor Rebe, Lied und Lichterschein -

wer hier verspricht, der schweigt nie mehr,

denn Geist hört Herz und nicht das Heer.

Die Hand im Wind, das Wort im Kreis,

wer gibt, verliert nicht seinen Preis.

Doch bricht, wer lügt, den alten Schwur,

so weckt er Nacht und öffnet nur -

die Tür."

Es fühlte sich an, als würden die Steine selbst lauschen, als ob die Schatten sich vor Ehrfurcht verneigten."

Ágnes sah ihn mit entschlossenem Blick an. „Gut, dass du es getan hast. Ein gebrochener Pakt bringt nur Unheil – nicht nur für die Geister, sondern für uns alle. Jetzt müssen wir zusammenhalten. Es liegt an uns, das Vertrauen zu erneuern."

Karoly nickte zustimmend. „Ich werde den Schattenrat von Siklós informieren. Wenn die Geister wach sind, können wir keine Fehler mehr machen. Unser ganzes Vorhaben hängt davon ab."

Gábor sah seine Gefährten an und fühlte ihre Kraft und Entschlossenheit. „Dann lasst uns keine Zeit verlieren. Der Weg ist schwer, aber wir sind nicht allein. Gemeinsam können wir den alten Bund erneuern und den Frieden zurückbringen."

Ein leiser Wind fuhr durch die Bäume, als ob die Wälder selbst ihre Zustimmung gaben. Das Trio machte sich auf den Weg zurück ins Dorf, bereit, sich den kommenden Prüfungen zu stellen und das Erbe ihrer Vorfahren zu bewahren.

KAPITEL 25: DIE SIEBEN SIEGEL DES SZATMÁR

(Eine letzte magische Prüfung – wer besteht sie?)

Die Sonne stand tief über der Baranya, als Ágnes, Gábor und Karoly den verwitterten Steinpfad betraten, der sich wie eine Narbe durch das dichte Grün des Szatmár-Waldes zog.

Die alte Karte, die sie aus dem Inneren einer sprechenden Flasche erhalten hatten, vibrierte leicht in Gábors Hand – als spürte das Pergament selbst, wie nah sie dem Ziel waren.

Vor ihnen lag ein Hain, in dessen Mitte ein uralter Baum wuchs – der Kern des Waldes, wie die Störche einst gemorst hatten.

„Sieben Siegel", hatte man ihnen gesagt. „Sieben Prüfungen, und jedes spricht eine andere Wahrheit."
Nur wer alle bestünde, könne das Gleichgewicht erneuern, den Pakt mit den Geistern bestätigen – und verhindern, dass die Baranya für immer im Schatten versank.

„Na dann", knurrte Ágnes und schob sich das Kopftuch fester auf den Kopf. „Ein bisschen Magie zum Abendbrot."

Erstes Siegel: Das Flüstern des Waldes

Der Wind erhob sich. Die Blätter begannen zu raunen. Kein verständliches Flüstern, sondern ein Strom an Stimmen, durcheinander, wirr – bis sie innehielten. Gábor trat vor und legte eine Hand an die Rinde des Baumes.

„Nur wer mit dem Herzen hört", murmelte er.

Die Stimmen ordneten sich. Worte formten sich in seinem Inneren:
„Wem vertraust du, wenn die Wahrheit flieht?"

Ágnes antwortete nicht mit Worten, sondern reichte Gábor die Hand. Karoly hüpfte auf seine Schulter. Ohne zu zögern nahmen sie einander an – und der Baum öffnete sich einen Spalt. Eine Wurzel zog sich zurück. Der Pfad war frei.

Zweites Siegel: Der Schwur der Stille

Ein Kreis aus Stein lag vor ihnen. In der Mitte: eine hölzerne Uhr ohne Zeiger. Nur ein leiser Pulsschlag war zu hören – wie ein Herz, das in der Tiefe schlug.

„Wir sollen warten", flüsterte Gábor. „Eine Stunde, vielleicht länger."

Ágnes setzte sich, den Besen auf den Knien. Karoly schnaubte und flatterte unruhig. Stille. Der Wald rauschte, doch nichts bewegte sich.

Minuten dehnten sich. Karoly krächzte fast – aber Ágnes legte ihm eine runzlige Hand auf den Kopf.

Dann, plötzlich: Die Uhr tickte. Ein einziger Ton. Das zweite Siegel brach.

Drittes Siegel: Der Spiegel der Angst

Eine silberne Fläche erschien, glatt wie Wasser, eingerahmt von Ranken, die lebendig schienen. Jeder musste hineinsehen.

Gábor sah die Kinder, die er nie hatte retten können. Die Fehler, die sein Schweigen gedeckt hatte.

Ágnes sah ihre Tochter, fortgezogen, entfremdet. Eine Schuld, die sich nie ganz legen wollte.

Karoly sah einen Käfig. Aus Gold. Und das Bild eines Rabenschattens, der darin starb.

Sie sahen. Und sahen sich dann an. Und blieben. Das Spiegelbild zerbrach in Licht.

Viertes Siegel: Die Prüfung des Verzichts

Vor ihnen: ein Tisch. Darauf dampfender Szatmár-Pálinka, ein Stück geräucherter Fisch, warme Brote – und drei Teller. Der Duft war berauschend.

Ein Schild:
„Nährt euch nicht mit dem, was euch schwächt."

Ágnes runzelte die Stirn. „Das ist Versuchung. Nicht Nahrung."
Sie warf das Brot den Vögeln zu. Gábor kippte den Pálinka in
die Wurzeln. Karoly pickte nichts.

Die Speisen zerfielen zu Staub.

Fünftes Siegel: Die Stimme der Vorfahren

Ein Grabstein, halb im Boden versunken. Worte erschienen
darauf, leuchtend wie Glühwürmchen:

„Sprich den Eid, der dich bindet."

Gábor kniete nieder.
Und sprach die Worte, die sein Großvater ihm beigebracht
hatte:

> „Im Namen derer, die vor uns standen,
>
> In Schatten, Wind und Ahnenlanden,
>
> bewahren wir mit Hand und Herz
>
> den Pakt aus Treue, Pflicht und Schmerz.
>
> Kein Trug, kein Gier soll uns entzwein -
>
> so soll die Baranya ewig sein."

Der Stein zerfiel zu Moos.

Sechstes Siegel: Die Wahl

Ein Weg gabelte sich. Zwei Pfade. Einer licht und einladend.
Der andere: finster, von Dornen bewachsen.

„Der rechte führt zur Bequemlichkeit, der linke zur Wahrheit",
sagte Karoly leise.

Sie wählten links. Jeder Dorn ein Pieks der Vergangenheit.
Doch kein Schritt war umsonst.

Siebtes Siegel: Der Schwur

Am Ende der Lichtung stand ein steinernes Tor. Sieben Runen
leuchteten auf, eine für jede bestandene Prüfung. Eine Stimme, tief wie das Mark der Erde, sprach:
„Wer seid ihr, dass ihr das Gleichgewicht beansprucht?"
Gábor trat vor. „Wir sind keine Helden. Nur Hüter. Und das
reicht."

Ágnes legte die Hand auf das Tor. Gemeinsam sprachen sie:

„Wir stehen ein - für Baum und Bein,

für Storchennest und Flussgestein.

Für Geister, Lied und alten Wein -

die Baranya soll frei nun sein."

Ein Licht durchzog das Tor. Es öffnete sich – nicht krachend, sondern atmend, als wäre ein Wesen endlich erlöst worden.

Der Szatmár-Wald seufzte. Über ihnen flogen Störche, die mit den klappern ihrer Schnäbel das Funkmuster des alten Pakts morsten. Aus dem Wurzelboden sprossen blühende Kräuter, die lange tot geglaubt waren.

Ágnes wischte sich mit dem Handrücken über die Stirn. „Das war's?"

„Das war der Anfang vom Ende", sagte Gábor.

Karoly nickte. „Und das Ende des Anfangs."

Dann flog er voraus. Und sie folgten ihm, in eine Zukunft, die noch immer voller Dunkelheit war – aber auch voller Licht, Hoffnung und der alten Lieder, die nun wieder durch die Wälder hallten.

KAPITEL 26: DER GROSSE TAUSCH

Der Abend war längst hereingebrochen, als Ágnes, Gábor und Karoly den alten Pfad entlanggingen, der sich wie eine schlafende Schlange durch das Gestrüpp am Rande des Szatmár-Waldes wand. Nebel hatte sich zwischen den knorrigen Ästen gesammelt und kroch in dicken, silbrigen Schleiern über den moosbedeckten Boden. Irgendwo in der Ferne rief eine Schleiereule, und das schwache Quaken eines melancholischen Frosches (wahrscheinlich Tibor der von Wolken träumte) ließ den Eindruck entstehen, als würde der Wald selbst über den bevorstehenden Tausch trauern.

„Da vorne", sagte Ágnes schließlich, und ihre Stimme war nur ein Flüstern. Ihr Blick ruhte auf einem Gebäude, das sich wie ein vergessener Zahn aus dem Boden erhob: ein verfallener Bauernhof, halb zerfallen, halb vom Wildwuchs zurückerobert. Schiefe Balken ragten wie gebrochene Rippen in die Nacht, und dort, wo einst ein Giebel geziert hatte, hing nun nur noch das Gerippe eines Fensterkreuzes in der Luft. Der Putz bröckelte, das Dach war stellenweise eingestürzt, und doch leuchtete ein matter, goldener Schimmer aus dem Inneren – nicht hell genug, um Wärme zu spenden, aber seltsam lebendig. Als würde das Haus atmen.

Ágnes blieb vor der Tür stehen. Ihr Besen, über Jahrzehnte abgenutzt und mit einem silbernen Nagel am Griff verstärkt, ruhte wie eine Waffe in ihrer Hand. „Das ist der Ort", sagte sie ruhig. „Hier wird der Tausch stattfinden. Die Kiszások wissen, dass sie nichts geschenkt bekommen. Und sie werden alles tun, um zu bekommen, was sie wollen."

Karoly ließ sich aus der Luft herabfallen und landete mit einem leichten Plumps auf einem verkohlten Zaunpfahl. „Es riecht nach Bitterholz und Angst", krächzte er, wobei sein Schnabel unruhig zuckte. „Und der Wind trägt Stimmen, die nicht aus dieser Zeit stammen."

„Das wird ein Tausch, der sich in den Eingeweiden dreht", murmelte Gábor, der sich gegen einen uralten Pflaumenbaum lehnte, um kurz durchzuatmen. Er sah älter aus als sonst, mit dunklen Ringen unter den Augen, aber in seiner Brust schlug der Trotz der ganzen Baranya.

„Vielleicht ist es an der Zeit, dass wir uns von den alten Regeln verabschieden", fügte er hinzu. „Der Pálinka wird nicht durch Besitz gerecht – sondern durch Verantwortung."

Ágnes nickte, trat an die Tür heran und öffnete sie mit einem kräftigen Stoß. Das knarrende Holz klang wie ein Aufschrei, als wäre das Gebäude selbst nicht bereit, seine Geheimnisse preiszugeben.

Drinnen war es überraschend warm. Der goldene Schimmer entpuppte sich als Licht einer Feuerstelle, deren Flammen nicht loderten, sondern ruhig tanzten, als wären sie an einen unsichtbaren Takt gebunden. Auf einem Teppich aus zerbröseltem Stroh und alten Knochen saß eine Gestalt, in einen dunklen, unförmigen Umhang gehüllt. Die Kiszások tarnten sich nicht – sie waren einfach da. Ihre Anwesenheit war wie ein Parasit in der Realität, schwer zu greifen, doch umso deutlicher zu spüren.

Der Mann, der ihnen gegenüberstand, hatte ein Gesicht wie ein vertrockneter Apfel: schrumpelig, aber voll von verborgener Energie. Seine Augen waren tief liegende, silbrige Spiegel. Er roch nach verbranntem Wermut und altem Holz. Der Geruch war beißend und dennoch vertraut – wie der eines vergessenen Dachbodens voller Magie.

„Ihr seid gekommen", sagte er. Seine Stimme war tief und schleppend, als würde sie aus einem alten Fass rollen, das am Grunde der Zeit lag. „Die Bedingungen sind einfach. Ihr wollt das, was uns gehört – den Pálinka, den wahren, den, der nicht nur trunken macht, sondern die Geister bindet und das Land schützt. Doch der Preis ist nicht gering."

Ágnes trat entschlossen vor. Ihre Schritte waren fest, obwohl der Boden knirschte. „Was ist der Preis?"

Der Kiszások lehnte sich zurück, sein Umhang raschelte, als ob darunter ein Schwarm Fliegen wohnte. „Es ist der Tausch des Herzens. Was habt ihr zu geben, das uns von Nutzen ist?"

„Ihr habt uns in eine Falle gelockt", sagte Gábor ruhig, aber mit einer Schärfe in der Stimme, die selbst den alten Balken einen Schauder jagte. „Ihr habt den Pálinka, die Knopflöcher und das alte Wissen gestohlen, die Dorfbewohner gegeneinander ausgespielt, und jetzt verlangt ihr einen Preis, den niemand benennen kann."

„Vielleicht", murmelte der Kiszások mit einem Grinsen, das sich nur auf einer Seite seines Gesichts abspielte. „Aber in jeder Falle steckt auch eine Chance. Die Frage ist, ob ihr den Mut habt, den Preis zu zahlen."

Wieder war da dieses Knistern in der Luft, wie bei einem nahenden Sommergewitter. Karoly flog eine Runde durch den Raum, landete auf einem durchhängenden Deckenbalken und rief: „Es gibt immer einen Ausweg! Manchmal liegt er nicht im Tausch, sondern im Verständnis."

Ágnes trat ans Fenster. Der Mond war aufgestiegen, groß und rund wie eine silberne Münze, die jemand in den Nachthimmel geworfen hatte. Sein Licht fiel auf ihr Gesicht und warf lange Schatten auf den Boden. Sie wusste, dass dies kein gewöhnlicher Handel war. Die Kiszások handelten nicht mit Münzen oder Gegenständen – sie verlangten immer etwas Persönliches. Etwas, das schmerzte.

„Wir geben euch unser Wissen", sagte sie leise, aber mit Nachdruck. „Denn das ist das Einzige, das uns wirklich gehört."

Der Kiszások kniff die Augen zusammen. „Wissen? Was für ein kümmerlicher Tausch."

„Es ist das Wissen um die alten Pfade des Waldes", entgegnete Ágnes. „Die Geschichten, die nie aufgeschrieben wurden, aber in unseren Träumen weiterleben. Die Orte, an denen die Erde noch sprechen kann, und die Rezepte, die nicht nur heilen, sondern erinnern. Es ist das Wissen um den Ursprung des Pálinka – das, was ihr vergessen habt."

Ein Rauschen ging durch den Raum, als ob der Wind selbst innehielt. Die Feuerstelle flackerte auf, und für einen Moment glaubte Gábor, Stimmen im Rauch zu sehen: die Geister alter Brenner, Kräutersammler, der ersten Pálinka-Hüter.

Der Kiszások schwieg lange. Schließlich streckte er die Hand aus. Seine Finger waren knotig, voller schwarzer Ringe, und mit runzeliger Haut überzogen, die wie Baumrinde aussah.

„Ein Tausch also", sagte er. „Wissen gegen das, was uns fehlt. Gegen den Kern der Erinnerung, den Geschmack des Ursprungs."

Ágnes legte ihre Hand in seine. Gábor tat es ihr gleich. Und Karoly, der nicht zögerte, ließ eine einzelne Feder auf die Feuerstelle fallen – seine Gabe, sein Zeichen.

Der Moment war gekommen. Als ihre Hände sich berührten, erzitterte das Haus. Die Wände knarrten, die Fenster warfen gesplittertes Licht in den Raum, und draußen begannen die Tiere des Waldes zu singen – leise, ehrfürchtig. Eine uralte Magie wurde geweckt. Der Tausch war besiegelt.

Doch während der Kiszások das Wissen entgegennahm, war da ein letzter Blick in seinen Augen – etwas lauerndes, lauschendes. Etwas, das noch nicht ganz zufrieden war.

„Der Tausch ist vollzogen", sagte er schließlich. „Doch der Preis wird sich erst zeigen, wenn der Mond sich wendet. Vielleicht habt ihr mehr gegeben, als ihr glaubt."

Und mit diesen Worten verschwand er – als hätte ihn der Nebel selbst verschluckt.

Zurück blieb nur das goldene Glimmen der Feuerstelle – und ein Fläschchen Pálinka auf dem Tisch. Der Duft war bittersüß, scharf und tröstend zugleich.

Ágnes nahm es an sich. „Die Zukunft hat uns gerufen", sagte sie. „Und wir haben geantwortet."

Doch in ihren Augen brannte eine neue Frage. Was genau hatten sie gegeben? Und würde der Tausch wirklich den Frieden bringen – oder etwas viel Unerwarteteres?

TEIL V –

MITTERNACHTSONNE & MORGENLICHT

KAPITEL 27: DAS VERSÖHNUNGSFEST

(Die Tünde verlangen Wiedergutmachung – in Lied, Tanz und Schnaps.)

Der Morgen kroch langsam und still über das Örtchen Bóly ,
das vom ersten goldenen Licht der aufgehenden Sonne ge-
küsst wurde. Noch hing ein feiner Nebel über den Weinber-
gen, dessen feuchte Schleier die Blätter und Reben benetzten,
als wäre der ganze Ort in einen geheimnisvollen Mantel
gehüllt. Die Luft roch nach reifen Trauben, frisch gemähtem
Gras und der schwachen, rauchigen Spur vom Holzfeuer, das
in den frühen Stunden des Tages noch leise vor sich hin knis-
terte.

Auf dem Dorfplatz herrschte bereits reges Treiben. Bunte
Fahnen und Girlanden flatterten im sanften Wind, der von den
nahen Wäldern herüberwehte.

Männer und Frauen in traditionellen Trachten bauten Stände
auf, an denen hausgemachter Käse, frisch gebackenes Brot
und duftender Honig feilgeboten wurden. In der Luft lag eine
Mischung aus Vorfreude und zarter Anspannung – heute war
das Versöhnungsfest, das uralte Ritual, das alle Wunden heilen sollte, die während der langen, dunklen Zeit der Krise
entstanden waren.

Ágnes stand am Rand des Platzes, den Besen in der einen, ein
Glas goldenen Pálinka in der anderen Hand. Neben ihr standen Gábor und Karoly.

Gábor, mit seinen wettergegerbten Händen und den wachsamen Augen, nickte zufrieden, während Karoly mit seinem
schwarzen Gefieder glänzte und aufmerksam den Himmel
absuchte.

Plötzlich durchbrachen scharfe Klapperlaute die Morgenstille –
die Störche waren zurück.

Hoch über den Dächern kreisten sie, ihre Schnäbel trommel-
ten Morsezeichen, die wie geheimnisvolle Botschaften durch
die klare Luft schnitten. „Es ist fast vollbracht", krächzte Karoly und erklärte: „Sie melden das Fest, aber auch, dass die
Grenzen der alten Bündnisse noch wackeln.

Wir müssen wachsam sein."

Am Rand des Dorfes, direkt am kleinen Teich, hüpfte der
kleine Frosch Tibor vergnügt zwischen den Seerosenblättern
umher. Sein quakendes Konzert mischte sich harmonisch mit
dem Gesang der Vögel. Tibor war nicht nur ein musikalischer
Akteur, sondern auch ein stiller Beobachter, der die Stimmung
der Natur einfing und weitertrug.

Auf der großen Holztribüne baute ein alter Barde mit silber-
nem Haar und funkelnden Augen seine Instrumente auf. Seine
Finger strichen sanft über die Saiten einer alten Geige, deren
Klang warm und tief durch das Dorf schwebte.

Als das erste Lied erklang, verstummte das Gemurmel der
Menschen und die Augen richteten sich auf ihn.

Seine Stimme erzählte von den Tünde, den geheimnisvollen
Wasserwesen, die in den dunklen Flussarmen lebten, und den
Kiszások, jenen schwierigen Gestalten, die in der Krise fast
das Gleichgewicht zerstört hätten.

Während der Barde sang, schritten Ágnes, Gábor und Karoly
durch die Menge. Ágnes reichte den Dorfbewohnern kleine
Gläser mit dem goldenen Pálinka, das wie flüssiges Sonnen-
licht in den Händen funkelte. „Pálinka ist mehr als nur ein
Getränk", flüsterte sie leise. „Es ist der Funke des Lebens, der
Samen der Freundschaft und des Neubeginns."

Inmitten der Feierlichkeiten traten die Tünde aus dem glitzernden Wasser des Teichs hervor. Ihre silbernen Gewänder glitten wie flüssiges Mondlicht über die Steine, und ihr Gesang mischte sich mit dem Wind, als wollten sie die Seele des Festes selbst besingen.

Die Menschen nahmen sie herzlich auf, tanzten mit ihnen im Reigen und ließen die Grenzen zwischen Wasser und Land verschwimmen.

Dann kamen die Kiszások. Doch diesmal waren sie keine Schatten mehr, keine Bedrohung. Sie legten ihre dunklen Mäntel ab und zeigten Gesichter, die von Reue und neuem Verständnis zeugten.

Einer von ihnen trat vor und sprach mit fester Stimme: „Wir haben viel gelernt – und bieten nun Ersatz für das, was zerbrochen wurde."

Gábor nickte langsam, während Karoly aufmerksam lauschte. Die Störche gaben weiterhin ihre Morsezeichen von oben, ihre Botschaften waren eine Mischung aus Warnung und Hoffnung, die das Fest begleiteten wie eine unsichtbare Melodie.

Als die Sonne höher stieg und das Licht der Mitternachtsonne am Horizont versprach, spürte Ágnes, dass dies mehr als ein Fest war. Es war ein Versprechen – ein neuer Anfang, geboren aus Lied, Tanz und dem goldenen Glanz des Pálinka. In diesem Moment wusste sie, dass Bóly auf seltsame Weise zu neuem Leben erwachte.

Der kleine Frosch Tibor quakte ein letztes, fröhliches Lied, und die Störche antworteten mit ihrem rhythmischen Klappern, das wie ein Herzschlag durch die Täler hallte.

KAPITEL 28: DER SCHNAPS, DER SPRECHEN KANN

(Ein letzter Rest erzählt, was niemand wusste.)

Die Nacht senkte sich langsam über Bóly . Die letzten Reste des Versöhnungsfests hallten noch in den leisen Gesprächen und dem entfernten Klang von Gitarren und Flöten wider, die sich in der kühlen Abendluft verirrten. Der Himmel war tiefblau, und die ersten Sterne begannen, ihre silbernen Lichter über das Dorf zu streuen, als würde der Himmel selbst die Magie der Nacht in sich tragen.

Ágnes hatte sich in ihre kleine Hütte zurückgezogen, um die Eindrücke des Tages zu verarbeiten. Das Fest war ein Erfolg gewesen, ein Schritt hin zu einem neuen Frieden, doch tief in ihrem Inneren wusste sie, dass noch nicht alles gesagt war, noch nicht alles geklärt. Etwas blieb ungesprochen, wie ein unvollständiges Lied, das in der Luft schwebte und auf seine Vollendung wartete.

In der Hütte war es ruhig. Nur das knisternde Feuer im Kamin sorgte für ein sanftes Hintergrundrauschen. Die Wände, überzogen mit alten Teppichen, die Geschichten von vergangenen Jahren flüsterten, waren ein Ort des Rückzugs, ein Platz, an dem man die Stille suchen konnte.

Ágnes streifte mit ihren Augen über die Regale, die voll waren mit Kräutern, Tinkturen und Flaschen – jede einzelne hatte ihre eigene Geschichte, ihren eigenen Ursprung.

Aber eine Flasche, die sie noch nie bemerkt hatte, erregte heute ihre Aufmerksamkeit. Sie stand fast versteckt, hinter einem Staubfilm verborgen, als wollte sie von niemandem gefunden werden.

Die Flasche war von schwerem, dunklem Glas, und der Inhalt schimmerte in einem warmen Bernsteinton, der fast einladend wirkte.

Das Etikett war von der Zeit fast völlig verblasst, aber in der goldenen Schrift konnte man noch erkennen: „Az igazság pálinkája" – der Schnaps der Wahrheit.

Ágnes zog die Flasche näher zu sich, den staubigen Rand säubernd, und betrachtete sie mit einem stirnrunzelnden Blick. Sie hatte noch nie von diesem speziellen Schnaps gehört, aber der Name selbst schien ein Versprechen zu tragen, etwas, das tief in ihrem Inneren anklang.

Mit einer Mischung aus Neugier und Vorsicht öffnete sie die Flasche. Der Duft, der sich sofort aus der Flasche erhob, war intensiv und doch zugleich sanft.

Eine Mischung aus süßen Früchten, Gewürzen und einer subtilen Rauchigkeit, die an alte Geschichten und verborgene Geheimnisse erinnerte. Es war der Geruch von vergangener Zeit, von Erinnerungen, die in den Wänden des Dorfes gespeichert waren.

Ágnes füllte ein kleines Glas, dessen Glas so klar war, dass es fast schimmerte. Sie nahm einen langsamen, vorsichtigen Schluck. Der Geschmack war überraschend – zuerst süß, fast fruchtig, doch dann setzte eine Wärme ein, die tief in ihrem Inneren aufzog und wie eine Welle über sie hinwegrollte.

Der Geschmack war komplex, wie ein Rätsel, das erst nach und nach seine Antworten preisgab. Und dann, plötzlich, spürte sie etwas anderes – eine Veränderung, ein sanfter Ruck, der sie in die Vergangenheit zog.

Bilder, die lange begraben in ihrem Gedächtnis schlummerten, stiegen auf. Sie sah den Kiszások, wie er in der Dämmerung des Waldes mit verschlagenen Blicken auf die Tünde zuging, die dort am Rand des Teichs warteten.

Der Verrat war kaum zu ertragen, doch der Schnaps, der noch immer in ihrem Glas schimmerte, ließ sie tiefer in die Szenen eintauchen.

Sie sah ihre eigenen Hände, die sich im Schatten des Abends mit einer vertrauten Berührung über die zarten Blätter des Waldes strichen.

Ein vertrautes Lächeln, das sie nie wieder gesehen hatte, tauchte vor ihrem inneren Auge auf – der geliebte, aber verlorene Blick eines Freundes, der sie damals hatte verlassen müssen.

„Höre zu", flüsterte eine leise Stimme, die nicht aus ihrer Kehle kam, sondern aus dem Glas, das sie noch immer in der Hand hielt. „Alles, was du wissen musst, liegt in den Tropfen verborgen." Es war, als ob die Flasche selbst sprach, die Wände des Glases vibrierten sanft und übertrugen das Wissen der Jahre in ihren Körper.

Die Geschichten von den Tünde, den Kiszások und den dunklen Tagen, die die Baranya heimgesucht hatten, entfalten sich wie ein offenes Buch vor ihren Augen.

Die Bilder wurden lebendig: Der Kiszások, wie er die Tünde betrog, der Schimmer von aufgerissenen Herzen, die feinen Fäden, die die Dinge zusammenhielten, nur um sie dann in einem Augenblick der Gier und des Egoismus zu zerreißen. Und dann die Tünde, die voller Schmerz, aber auch mit unerschütterlichem Mut und Geheimwissen die alte Weisheit des Waldes anriefen, die das Unglück in den Fluss zurückführen wollte, um es zu reinigen.

Ágnes trank noch einen Schluck, tiefer, als sie es je gewagt hatte. Die Wände der Hütte verschwammen und sie spürte eine sanfte Umarmung von Erinnerungen, die sie zu den Wurzeln des Dorfes führten, zu den Geschichten, die ihre Großmütter flüsterten, und zu den Wahrheiten, die sich nur in den tiefsten, dunkelsten Nächten offenbarten.

Als sie das Glas absetzte, fühlte sie, wie die Zeit stillstand. Ein letzter Blick auf die Flasche, und dann wusste sie – es gab keine einfachen Antworten, nur die Verantwortung, die aus den Erinnerungen, aus der Geschichte, aus den Lektionen der Vergangenheit gezogen werden konnte.

Langsam stand sie auf und stellte die Flasche zurück an ihren Platz im Regal. Die Störche draußen klapperten und gaben ihre Botschaften in Morsezeichen weiter, ihre Botschaften des Friedens und der Vorsicht. In diesem Moment verstand Ágnes, dass die Wahrheit nicht immer laut ausgesprochen werden musste. Manchmal sprach sie in den stillen, zarten Wellen des Wassers, im sanften Klappern der Störche, im Flüstern des Windes durch die Bäume.

Sie fühlte sich nun bereit, die Geschichte weiterzugeben – in den Gesprächen, die noch kommen würden, in den Nächten, die sie mit den Dorfbewohnern verbringen würde, in den Liedern, die noch gesungen werden mussten. Der Schnaps der Wahrheit hatte seinen Job getan – er hatte sie auf den richtigen Weg geführt, auch wenn dieser nicht immer der einfachste war.

KAPITEL 29: EIN DORF NAMENS HOFFNUNG

(Alles kehrt zurück – auf seltsame Weise.)

Die ersten Sonnenstrahlen tauchten das Städtchen Bóly in ein sanftes, warmes Licht. Die Dächer glitzerten wie mit Gold bestreut, und die Luft war erfüllt vom Duft blühender Wildkräuter und frisch gemähter Wiesen.

Nach all den dunklen Nächten, den Prüfungen und dem Zauber war endlich eine Stille eingekehrt, die mehr versprach als nur Ruhe – sie versprach Neuanfang.

Agnes stand am Fenster ihres kleinen Häuschens und blickte hinaus auf die langsam erwachende Welt. Neben ihr hockte Gábor, dessen Augen die vertrauten Hügel und Wälder musterten, während Karoly in der Ecke saß und mit seinen schwarzen, wachsamen Augen die Umgebung beobachtete. Die Störche flogen hoch am Himmel ihre Morsezeichen, als wollten sie dem Dorf sagen: Alles ist gut geworden.

Überall begann das Leben neu zu atmen. Die Reben, die einst zu welken drohten, blühten wieder, und aus den stillen Bächen plätscherte das klare Wasser so lebendig wie eh und je. Die Menschen kamen zusammen, lachten, erzählten Geschichten und teilten den letzten Tropfen Pálinka, der mehr als nur ein Getränk war – er war ein Symbol für Hoffnung, Verbundenheit und die Kraft der Gemeinschaft.

Am Rand des Marktplatzes saß ein kleiner Frosch, Tibor, dessen Augen vor Freude strahlten. Er blickte zu Karoly auf, dem schwarzen Raben, der ruhig neben ihm saß und aufmerksam lauschte. „Was ist dein größter Wunsch, Tibor?" krächzte Karoly mit einer Stimme, die trotz ihres rauen Klangs voll Wärme war.

Der kleine Frosch hüpfte aufgeregt und antwortete: „Ich wollte immer einmal hoch in die Wolken fliegen, die Welt von oben sehen, über die Wälder und Dörfer, die Flüsse und Berge.Ich möchte einmal die Wolken schmecken.

Ich möchte wissen, wie es ist, frei zu sein wie du, Karoly."

Der Rabe nickte bedächtig. „Dann steig auf meinen Rücken, kleiner Freund. Ich nehme dich mit auf eine Reise, die du nie vergessen wirst."

Behutsam ließ sich Tibor auf Karolys glänzendes Gefieder nieder. Der Rabe spannte seine mächtigen Flügel, und mit einem kräftigen Flügelschlag erhoben sie sich über die Dächer des Dorfes. Die Luft war frisch und kühl, und der kleine Frosch hielt sich fest, während der Wind um ihre Flügel strich.

Höher und höher stiegen sie, bis die Häuser wie winzige Spielzeuge unter ihnen aussahen und die Felder zu einem bunten Mosaik verschwammen. Tibor quakte vor Freude und Staunen, seine Augen leuchteten wie zwei kleine Sterne.

„So schön! So groß und frei! Danke, Karoly, dass du mir meinen Wunsch erfüllst!" rief er voller Glück.

Karoly krächzte leise, fast wie ein Lachen. „Du hast es verdient, Tibor. Jeder, der das Herz am rechten Fleck hat, verdient ein bisschen Magie."

Sie schwebten sanft durch die Wolken, die weich wie Watte unter ihnen waren. Die Sonne malte goldene Funken auf die Federn des Raben und die nasse Haut des Frosches. Es war ein Moment voller Frieden und Freundschaft, ein stilles Versprechen, dass auch die kleinsten Wesen im großen Gefüge der Welt eine Bedeutung haben.

Als sie wieder zurückkehrten, landeten sie sanft auf dem Platz, und Tibor sprang glücklich von Karolys Rücken. „Das werde ich Dir nie vergessen!"

Karoly sah ihm nach, ein warmes Gefühl breitete sich in seiner Brust aus. Für einen Moment war der stolze Rabe nicht nur ein Wächter des Dorfes, sondern ein Freund, ein Beschützer, ein Träger kleiner Wunder.

Das Städtchen Bóly leuchtete unter der Mitternachtssonne – anders als je zuvor. Denn nun wusste jeder, dass selbst in den dunkelsten Zeiten das Licht der Hoffnung niemals erlischt.

EPILOG: UNTER DER MITTERNACHTSONNE

Die Baranya lag still und friedlich da, während die Mitternachtsonne ihren goldenen Glanz über die sanften Hügel und tiefgrünen Wälder warf.

Ein warmes Licht durchdrang die Schatten der Nacht, als wäre die Zeit selbst langsamer geworden, um die Wunder dieses Augenblicks festzuhalten.

In Bóly hatten sich die Menschen versammelt, um das Ende einer langen Reise zu feiern. Es war kein Abschied, sondern ein Neubeginn – ein Versprechen, dass die Geschichten, die hier geschrieben wurden, in den Herzen weiterleben würden. Agnes, Gábor und Karoly standen nebeneinander, verbunden durch das, was sie erlebt hatten, und die Liebe, die sie für dieses Städtchen empfanden.

Die Störche kreisten hoch oben und sendeten ihre Morsezeichen, die nun nicht mehr von Geheimnissen, sondern von Freude und Zusammenhalt erzählten. Über den Dächern klang das Lachen der Kinder, die über die Wiesen tollten, begleitet vom sanften Summen der Bienen und dem Flüstern der Wälder.

Agnes sah zum Himmel und lächelte leise.

„Wir haben die Baranya gerettet," flüsterte sie, „und dabei viel mehr gefunden – Freundschaft, Mut und Hoffnung."

Gábor nickte, die Erinnerung an die Prüfungen und Herausforderungen noch frisch, aber die Zuversicht in seinen Augen strahlte heller als je zuvor. „Es ist der Anfang einer neuen Geschichte. Für uns alle."

Karoly breitete die Flügel aus und ließ sich auf eine nahe Eiche nieder. „Manchmal," krächzte er, „braucht es nur ein bisschen Magie – und den Glauben daran, dass selbst die kleinsten Taten Großes bewirken können."

Die Mitternachtsonne versank langsam hinter den Hügeln, doch ihr Licht blieb bestehen – ein ewiges Symbol für das Leben, die Liebe und die unzerbrechliche Kraft der Gemeinschaft.

Und irgendwo, zwischen den singenden Heidelbeeren und dem leisen Rascheln der Blätter, wusste jeder, dass die Magie der Baranya niemals enden würde.

NACHWORT

Die Geschichte endet nicht. Sie dreht sich nur weiter – irgendwo zwischen alten Zwetschgenbäumen, funkensprühenden Störchen und dem letzten Schluck eines verdächtig leuchtenden Pálinka.

Was einst als sonderbare Ermittlung begann, wurde zu einer Reise durch das Unmögliche. Ágnes hat gezeigt, dass man mit einem Besen, einem scharfen Verstand und einem noch schärferen Blick mehr erreichen kann als mit jeder Uniform. Gábor hat bewiesen, dass auch ein Mann mit einer Vorliebe für Mákos Rétes und Halbwissen in Ethnobotanik eine gewisse Würde bewahren kann – zumindest gelegentlich. Und Karoly? Nun ja. Ein sprechender Rabe mit Überheblichkeitssyndrom bleibt unersetzlich.

Die Baranya hat überlebt. Vorerst. Die Siegel sind erneuert, der Tausch ist vollzogen, die Stille im Wald ein wenig heller geworden. Doch wer genau hinhört, wenn der Wind durch die Weiden pfeift, mag sie noch hören: die Stimmen der alten Kiszások, das Flüstern der Tünde, das Krächzen von Karoly – irgendwo zwischen den Seiten.

Dieses Buch war ein Versuch, das Skurrile mit dem Tiefsinnigen zu versöhnen, das Groteske mit dem Magischen, und all das festzuhalten, was in unserer Welt zwischen zwei Pálinkas oft verloren geht: das Staunen, der Trotz, und der Mut, den man braucht, um sich gegen das Graue zu stellen. Mögen diese Figuren – so schräg sie auch sein mögen – noch lange weiterleben, irgendwo zwischen Rauchfang und Brennkessel.

Danke, dass du sie begleitet hast.

Und wenn du je nachts durch einen Wald gehst und der Wind seltsam süß riecht – bleib stehen. Lausche. Vielleicht ist es nur der Wind. Vielleicht aber auch nicht.

Prost.

Deine Mara